ボディ・ジャック

光岡史朗

ボディ・ジャック　目次

装画　近藤通洋

ボディ・ジャック

ぬるま湯（一九九四）

地下鉄への階段を降りながら、下から吹きつけてくる生あたたかい風、しかも強い風を全身に受けながら、テツは、この不快さが自分の日常を象徴しているのではないか、と、思いはじめていた。

こうした思いを抱《いだ》くのは、とても久しぶりのことのような気がした。懐かしい、ひどく感傷的な気分でもあった。

（ことさらに不幸なわけでなく、いや、逆にけっこう幸福な状態にあるのかもしれず、しかし、満たされぬ思いを何かにぶつけたい。このぬるま湯のような日常から脱出し、すべての白黒をはっきりとつけてしまいたい……）

万年反抗期——という言葉が、テツの胸に浮かんで消えた。懐かしい言葉だった。

地下鉄のホームの雑踏を歩きながら、テツは、思わず突然泣き出したいほどに、心が動揺していることに気づいた。

足を停《と》める。さりげなく、周りを見わたす。いつもと同じ朝の情景が、そこにあった。

今朝の出がけに、何かがあったというわけでもなかった。いつものように妻のレーコに起こされ、ミルクたっぷりのコーヒーを二杯飲みながら、一般紙とスポーツ紙に目を通した。そして、中学に通う娘のナナの学校でのことなど、レーコの話を聞き流しながら、きょうの予定を考えていた。

いつもと同じ朝。妻に見送られてエレベーターに乗り、煙草を一本喫《す》いながら地下鉄の駅へ。いつもと同じように駅の喫い殻入れに短くなった煙草を放り込み、薄暗い階段を降りた。そこで、生あたたかい風。

(この生ぬるさが、オレの人生の象徴ではないのか?)

一般的には、競争の激しい、厳しい業界だと思われていた。そう。テツは、中堅広告代理店のコピーライターとして、それなりの実績を上げてきた。と、自分では思っていた。大手のクライアント(広告主)もここ十年は継続して二、三社担当していたし、イレギュラーのコンペ(制作競合)の勝率も社内ではナンバー・ワンだと自負してもいた。

（しかし、それが何なんだ？）

と、きょうの生あたたかい風がささやいている。「万年反抗期」と自称していたころの自分が、きょうの自分を見てどう思うのだろうか。テツは、十年ぶり、いや二十年ぶりに、青春時代を思い起こしていた。

（だいたい、こんなトシになるまで自分が生きているなんて、思いもよらなかったもんな……）

すでに四十を過ぎて、体力の衰えを確実に実感しているテツは、時折り若い連中の体力をうらやましく思うことがあった。仕事の場では、まだ感じたことはなかったが、唯一の趣味ともいえる草野球では、しょっちゅうだった。

十数年前、ある呑《の》み屋《や》の草野球チームの誕生に参加したテツは、不動のキャッチャーとして強肩で鳴らしたものだった。当時、草野球で二盗を阻止するのは珍しいことだった。やがて、腹が出るに従って三塁にコンバートされ、ここ二、三年は動きの鈍さを指摘されてファーストへ。そしてついに、二ヵ月ぶりに参加した先週の試合では、ライトに回されてしまったのだ。

考えてみれば、体にいいことはほとんど何もしてこなかった。と、テツは思う。毎日のように朝方まで酒をくらい、ここ二十年、電車で家に帰ったことは数えるほどしかない。もちろん、朝九時にキチンと出社、なんてこともやってはいないが……。どんなに皮肉られ注意されようと、重要な会議でもないかぎり、そんなに早く会社へ行く必要はない、とテツは勝手に決めていた。また、そんな生活態度が、仕事の実績のわりには出世しない原因でもあったのだが。

電車がホームに入っていた。新宿や赤坂見附《みつけ》を通るこの地下鉄は、日曜でもないかぎり座れることはない。運がよければ窓際のポールポジション、要するに戸袋のわきを確保することができるが、そんなことは一ヵ月に一度か二度あるだけだ。

案の定、この電車もポールポジションはガッチリと固められていた。が、しかし、人波にせかされて中央部へ入っていきながら、テツはいつもと違う波動を感じていた。中央部は、なぜかすいている感じなのだ。と、思うまもなくテツは車両の中ほどまで入ってしまい、しょうがなくてバッグを網棚《あみだな》に載せた。内ポケットから文庫本をとり出しつつ前を見た。そこが比較的人口密度の低いわけが、テツには解《わか》った。運の悪いことに、真っ正面だ。

「独り言オジサン」が、朝から臭《くさ》い息を吐きながら、誰彼なしに論争を挑んでいたのである。手にはクシャクシャにした紙袋を持っている。そのカタチから焼酎《しょうちゅう》か日本酒の安酒が入っていることが解る。

最近、この手の「独り言人間」が東京には増えていた。いや、他の都市や地方でも増えているのかもしれなかったが、テツは全国調査をしたわけでもなく、そこまでは解らなかったが。

「やい、てめえ。……えらそうなツラすんじゃねえ……。バカにしてやがるな……」

テツは文庫本をひろげてそのオジサンの顔をさえぎり、周りの様子をうかがった。サラリーマンもＯＬも学生も、オジサンもオバサンも、ある者は新聞を読むフリをし、本を読むフリをし、聞こえないフリをし、車内の様子を薄暗く映し出している窓ガラスを見つめるフリをし、全員が見事にこの「独り言オジサン」を無視している。そういうテツ自身も、文庫本を読むフリをしつつ、周りを見わたしているのだった。

触らぬ神に祟《たた》りなし、というのか、都会の無関心というのか、現代人のこういう習性はいつごろからなのだろう。と、テツはさして重要なことではないと思いつつ思っていた。

田舎の電車は、こんなふうではなかった。昔、テツはオヤジといっしょに電車に乗ったことがあった。あれは中学生のときか、いや、すでに色気づいていたから高校生になっていたかもしれない。オヤジはシートに座るなり、トイメン（正面）にいた女子高生に声をかけていた。天気の話だったか、行き先の話だったか忘れたが、大きな声で話しかけていた。テツは、恥ずかしくて、

「オヤジ、よせよ」

とか何とか言った気がする。女子高生たちは、クスクス笑っていた。

「べつに、いいじゃねえかい。袖すりあうも他生《たしょう》の縁だ」

そう。オヤジの時代には、バスでも電車でも隣り合った者どうしが挨拶《あいさつ》を交わし、世間話をするのは奇異なことでも何でもなく、むしろ自然な行為であったのだ。

しかし、いまでは、連れのいない人間にとって、パブリックスペースにいることは会話を禁じられることを意味している。それは電車であれ雑踏であれ、同じである。ラッシュ時の車内で、相手の体形や体質・体臭までが分かるほどに体を密着させていても、そこに会話は生まれない。お互いに顔をそらし、息をかけ合うまいとする。決して目を合わすまいとする。考えてみれば、奇異な現象ではある。

（きょうは、変なことを考える日だな）

とテツが思ったとき、「独り言オジサン」の声が一段と高くなり、酒瓶を持っていない空《から》の左手が強く振られ、テツのブレザーの裾に当たった。

一瞬、ムッときた。文庫本を目の前から外し、その「独り言オジサン」を見た。憎悪に燃える目が、そこにあった。

目と目が、からみ合った。と、思うまもなく、テツの中に怒りの感情が、「シューッ！」という圧縮空気が一気に抜けるような音をたてて急激に増大した。

（独り言だけならまだしも……）

という思いと、

（オレとしたことが大人げない……）

という思いが、連発するフラッシュのように燃えては蒸発した。

しかし、次の瞬間、テツの怒りは別のものにカタチを変えていた。見てはいけないものを、テツは見てしまったような気がした。

自分が狂ってしまったのか？　と、テツは思った。相手の「独り言オジサン」の顔が、なんと二重映しに見えるのだ。といっても、同一人物がダブって見えるというのではない。それは過去に経験したことがある。そうではなくて、「独り言人間」以外の、もう一人の人間が、そこにはいたのだ。

かといって、例の「独り言オジサン」が消えてしまったわけではない。そのオジサンはちゃんとそこでテツを睨《にら》んでいる。しかし、同時に、別人格のもう一人の人間が、「独り言人間」に同居しているのだ。

テレビや映画では、こうした手法を使うことがある。いわゆるO・L（オーバーラップ）というやつだ。テツ自身、何度もCMの企画で使ったことがある。

しかし、それを現実に目にするというのは、やはり異常というか超常現象というか、おそろしく変なことであろう。

「独り言オジサン」の目は、見開かれた狂気の目となり、激しくテツを睨んだ。が、テツはそのオジサンにダブっているもう一人の男の目を睨んだ。

暗く、陰鬱《いんうつ》な、それでいて世の中を斜めに見ているようなニヒルな目。青白い皮膚。幽霊というやつがこの世にいるのなら、まさにこんな皮膚をして現われるに違いない、と思わせる薄気味悪さ。

その暗い、人間に対して絶望したかのような目が、テツの目とからみ合っていた。

（なんで朝っぱらから、こんな化け物と出くわさなきゃならねえんだ）

背すじを走る「ゾーッ」という恐怖感と同時に、その恐怖感さえも圧倒する怒りが、テツの目に集中した。

しかし、次の瞬間、その青白い顔はテツの視界から消えていた。その間、わずか数秒。いや、実際は、一秒にも足りない瞬間的な出来事だったのかもしれない。

青白い別人間の顔が消えると、「独り言オジサン」の勢いは、急速にしぼんだ。

テツを睨む目から力が失われ、急に我に返ったかのように目をしょぼつかせ、周りを見回した。

そして、テツに向かって卑屈な笑みを浮かべ、席を立ったのだ。

「どぞ、どーぞ」

ボトル入り紙袋を右胸に大事そうに抱え、左手でテツに席を譲る仕草をし、トボトボとおぼつかない足取りで人混みをかき分けてゆく。相当混んでいるにもかかわらず、体を寄せて通路を空ける乗客たち。後ろ姿は、ただのうらぶれた中年のオジンだ。

テツは、まったくわけの解らないまま、その後ろ姿を見送っていた。が、こんどはそのテツに対して、好奇の視線と、かかわり合いになりたくないという無関心の波動が集まっていた。テツの周辺の、まばらな人口密度とぎこちない空気は、次の駅まで続いた。

（オレがいったい何をしたというのだ）

地下鉄が次のホームに着くと、テツの前の空席には中年のオバンがサッと尻を押し込み、テツの周りにもいつもの息苦しさが取り巻いた。

（さっきの『異変』は、確かに現実のものだったよな）

テツは、数分前に起こった気味の悪い現象を、「異変」と名づけた。自分の目に「異変」が起こったのか。それとも、相手が特殊だったのか……。

そもそも、自分以外の乗客たちには、あの「異変」はまったく見えていなかったのか？

（そんな馬鹿な。あんなにハッキリと、くっきりと存在を主張していたではないか……？）

いまの、見てましたよネ……と誰彼なしに訊《き》いてみたい衝動にかられたが、何事もなかったかのようにオツにすました人たちに問いかける元気は、テツにはなかった。

（オレは、まだ昨夜の酒に酔っているのだろうか……？）

（最近のハードスケジュールがたたって、神経がやられているんだろうか……？）

（そうだ。オレは、疲れているんだ。こんな生活の何もかもに、疲れてしまったのだ……）

あれこれと思いをめぐらせるが、都合のよい答えはひとつも浮かんではこない。

（いったい、いま、ここで、ほんとうのところ、何が起こったのだ？）

青白い陰気な目が、吐き気をもよおさせる不気味な顔が、テツの脳裏にチラついていた。

それは確かに、現実に、たったいま、テツがこの目で目撃した事実だった。

（これは、一時の気の迷いなんかでは、断じてない！）

テツは、自分に言い聞かせていた。

（そういえば、これと似たような出来事が、かつてあったような……）

何か思い出せそうな気もしたが、地下鉄がいつもの降車駅に着いたことに気づいて、テツはあわてて乗客をかき分け、ドアへと向かった。

社内政治

〝AEヤマグチさんよりTEL　9：35〟

〝PRヒロタさんへ　TELしてください〟

〝ジラフプロ・カワサキさん　9：40〟

デスクの上に積まれている電話メモや社内書類に目を通していると、テツのアシスタントでもあるジョーチンがコーヒーカップをそっと置いた。

「お、ありがとよ」

「あのー、ADのフクダさん、至急連絡ほしいそうです」

「ん？　そんな電話メモ、あったかな？」

「いえ、さっきまでこの部屋へいらしてて……」

「お、そーか、分かった」

ジョーチンは、ここ三、四年テツのアシスタント兼コピーライターとして配属されている若い娘だ。メガネをとれば充分に美人なのだろうが、何度言っても、メガネを外したことはない。いまでは稀少価値になりつつある「文学少女」の「その後」である。

その初々しさと育ちのよさそうな雰囲気から、はじめは「お嬢さん」と呼ばれていたのだが、慣れるに従って「ジョーチン」に定着。周りの人間に安心感とさわやかさを感じさせる貴重な存在であった。

電話でフクダの内線番号を押す。いいかげん鳴らして、テツが受話器を戻そうと思うころ、やっと出た。

「はい、フクダ」

「オレだけど、なんかあったんかいな」

「あ、テツさん？　いいなあ、相変わらずゆっくりで」

「皮肉かい？　切るぜ」

「ちょ、ちょっと待ってくださいよ。そうだな、どこがいいかな。いま、時間ありますか？　ありますよね、いまごろご出社なんだから……」

「皮肉だったら切るぜ」

「ロダン、ロダンにしましょ。ワタシ、あと十分たったら出ます」

「オレの予定は訊かないのか?」

「あ、なんかあるんですか?」

「オレは一分後に出て、フクダ先生をロダンでお待ちするよ」

「あのねー、ま、よろしく」

忙しそうなフクダが、輪をかけて焦っていた。テツは煙草に火をつけると、ジョーチンのいれてくれたコーヒーをひとくち飲んだ。

よりによってあのコーヒーのまずいロダンへ行くのかと思うと、テツはこのカップを持ってゆっくり歩いていこうかとさえ思った。

(社内の策士どもが、また人事でもいじってるのかな?)

これといって思い当たることのないまま、テツは社を出た。いつもなら行き先を確認するジョーチンも、目を伏せてワープロを叩いている。さっきの内線の話で、どこへ行くか、解ってしまったのだろう。

（ん？　オレの口からロダンなんて言ったっけ）

まあ、どうでもいいかと思いなおし、テツは晩秋の青山通りをブラブラと歩いた。陽射しが、ポカポカと暖かい。小春日和《びより》、というのにはちょっと早いかもしれなかったが、ガラス一枚で風をシャットアウトすれば、軽く汗ばむほどの心地よさで居眠りができるかもしれない、そんな日和であった。

（そういえば、日和見《ひよりみ》主義とか、日和《ひよ》る、とか、よく使ってたよな）

と、昔のことを思い出したりするところが、やはりふだんとは違うな、とテツは思った。

（きょうは、ちょっとおかしいぞ）

喫茶店ロダンは、あいにくと窓際の席は空いていなかった。テツは壁際の奥まった席に、つまり店内を一望できる席に座った。

ここのコーヒーはまずい、という評判であり、またテツの社からかなり離れていることもあって、社の人間はまず来ないはずだ。

フクダがこの店を指定したということは、かなり内密の話があるということだった。

（あいつ、またヘッドハンティングでもされてるのかな？）

最近売り出し中のフクダは、ここのところ、ちょくちょく広告賞を取っていた。最高賞やグランプリ、といった上の賞ではなかったが、このままいけばそれも夢ではないかもしれない。そんな勢いが、最近のフクダにはあった。

他の業界は知らないが、広告業界にはさまざまな賞があった。大手新聞社の主催する広告賞は一般からの応募も対象にしていたが、ADCとかACCとかTCCとか、業界の親睦団体の年間賞は、その道のプロしか応募できない。ほかにも雑誌広告賞とかカレンダー展とか、一般人の知らない賞がけっこうある。なぜ、そんなに賞があるのかといえば、ひとことで言えば業界自体のイメージアップ作戦だ。イトイとかナカハタとか、ニシムラとかナカツカとかマキとか……。そう、ウオズミとか……。一般の人はどのくらい知っているのか分からないが、いわゆる有名コピーライターを生み出してくれたのも、そもそもコピーライターという仕事そのものを、若い人なら誰でも知っているようにしてくれたのも、こうした各種の賞なのだ。

テツが三本目の煙草に火をつけたとき、フクダがフラリと現われた。

「すいません。遅くなっちゃって」

「いえいえ、わたしゃヒマですから」

「そんな皮肉はナシにしましょうよ。アッ、ぼくコーヒ……いや、レモンティーね」

「なんか、アセってるみたいだぜ。どしたの？　こんな朝っぱらから」

「いや、今夜にでもジックリ、とも思ったんですけど、あいにく別件が入ってまして……」

フクダの話は、先月コンペ（企画制作競合）で勝ったA社のクリエイティブ作業を、今後はすべてフクダ・グループで担当させてもらってもいいか、というものだった。

「それ、もう上で決定したものなんでしょ？」

テツはサラリと訊いた。

「まあ、そう、らしいんですけど」

「もう決まったんなら、オレの了解なんかとる必要はないぜ」

「だって、あのコンペはほとんどテツさんのアイデアとコピーでとったようなもんだし……」

「サカシタのことか?」

「ええ、まあ、それも……」

じつは、A社のコンペとは、ある食品の新製品を売り出す企画であった。A社の扱いを分け合っている広告代理店四社が、それぞれのアイデアを持ち込んでプレゼンテーション(提案)し、その結果、テツの社がその仕事を手に入れたのだった。

しかし、このプレゼンをするに当たって、クリエイティブ(制作)部門では社内の三グループが合同でプロジェクトチームを組んで企画を行った。三グループとは、一つはフクダ・グループ、もう一つはサカシタ・グループ、そして三番目がテツのグループだった。が、他のグループはメンバーが十名以上いるちゃんとしたグループなのにひきかえ、テツのグループというのは名ばかりで、テツとジョーチンと、新米ADのカキタという若者の三人しかいない。発売時五億円からスタートするという今回のルーチンワークを担当するキャパシティは、もちろんないのだ。

そこで、この新製品のクリエイティブ担当は、フクダ・グループかサカシタ・グループのどちらかになる。あとは社内政治の問題であり、テツにはあまり興味のあるテーマではなかった。

「どうしたもんでしょうかね？」

フクダが、神妙そうな顔でテツを見つめている。

「どうしたもこうしたも、もう決まったんでしょ？」

「いや、そんな……あんまりいじめないでくださいよ」

フクダは、サカシタが苦手なのだ。サカシタはフクダの美大での先輩なのだ。さらに、最近のサカシタ・グループはちょっと下降線にあった。サカシタが手塩にかけて育てたＡＤが、大手の代理店にヘッドハンティングされて以来、運にも見放されているようだった。

ちなみに、広告界でいうＡＤとはアートディレクターのことであり、いわばグラフィックデザイナーの肩書きである。ＴＶ業界でいうＡＤ、つまりアシスタント・ディレクターとはだいぶ差がある。

「ちょっと高いぜ」

テツは、フクダに片目をつぶって見せた。

「恩に着ます。来週、タイ・ロケが入ってますんで、例の十七年、空港からダースで送ります」

「気前がいいねえ」

「お安い御用ですよ、いまどき酒ですむなんて」

「そんなもんかね」

テツは、バランタインの十七年ものが大好物だったのだ。ほかの高い酒よりも、テツはこのセブンティーンを好んだ。といっても、日本の酒屋で一万数千円も払える身分でもなく、その気もなかった。免税店で買ったバランタイン・セブンティーンが、テツは好きなのだ。

「じゃ、この件、よろしくお願いします」

「おう、ところで、社内的にはいつ発表になるの？」

「あすの朝です」

「おいおい、それじゃ、きょうじゅうにサカシタつかまえなきゃ……」

「だから、こうしてアセってたんでしょうが」

「ハハン、オーケー、わかりましたよ」

「じゃ、よろしく」

フクダは、入ってきたときとは別人のように颯爽《さっそう》と店を出ていった。

「人間なんて、キャッシュ（現金）なもんだね」

独りごちて、テツは二杯目のミルクティーをオーダーした。

フクダとは、長いつきあいだった。テツが三十歳のときからだから、かれこれ……十五年にもなる。そう思いながら、テツは背すじがゾッとしたような気がした。

（もう、そんなになるのか……）

あのころのフクダは、まだ新人のＡＤであった。テツは小さな広告プロダクションのコピーライター。すでに経験七、八年、とはいっても、立場は下請けの下請け。つまり孫請けのバイトであった。

バイト……というのは、自分の所属する会社の正規の仕事ではなく、個人的に受けた仕事、という意味である。

この業界はじつにいいかげんな世界であり、ひとつの会社に勤めながら、他社の仕事をアルバイトでやることも自由である。いや、自由だと思っていたのは、テツくらいで、他の者はいちおう自分の社に気を使っていたのかもしれないが……。

男性化粧品のCMの仕事、だった。フクダの代理店から、C映というムービー・プロダクションに発注され、そのC映のプロデューサーから、テツは呼ばれたのだ。化粧品の仕事は、五年間みっちりとやらされてきたテツであった。商品情報の読み方から薬事法の表現規制まで、その意味でテツはプロであった。

一方、フクダは新卒のエリートであった。美大を出たばかりで、やる気マンマンの青年であった。こうと思ったら、自分のアイデアをグイグイと主張する若さを持っていた。

テツの個性とフクダの個性が、この仕事を通して激しくスパークし、そして友情が生まれた。――広告コピーにすればそうなるのかもしれなかったが、実際は、そんなにカッコいいものではなかった。

出すアイデア、出すアイデアをことごとく老練なプロデューサーやディレクターにつぶされるフクダを見ながら、テツはちょっとバランスをとったにすぎない。

自分のアイデアをいくつも生かしつつ、すでに死んでいたフクダのアイデアを二、三拾い、あれこれ手をかえ品をかえ、生き返らせてやっただけだ。古い連中のフクダに対する先輩づらが、たまたまテツの癇《かん》にさわったというだけのことであった。

それ以来、なぜかフクダはテツになついた。なついたなどというと、まるで犬か猫のようだが、当時のテツにしてみれば、まさにそんな感じではあったのだ。そして、C映以外に出した仕事でも、フクダ自身がテツを指名するようになったのだ。

やがて、出会ってから一年もしないうちに、フクダの上司からテツは入社を勧誘された。そのときテツの出した条件は、いまの二倍の給料、それだけだった。

当時、テツは新婚時代でもあった。小さな雑誌社に勤めるレーコといっしょに生活するようになって、約二年。給料は彼女のほうが多かった。しかも、彼女はすでに身ごもり、妊娠五ヵ月に入ったところだった。いつまで、レーコは勤められるのか。テツのいまの給料だけで、親子三人は暮らしていけるはずもない……。

そんな、切羽詰まった経済状況のときの、フクダの代理店からの誘いであった。

二倍の給料——それは、テツにとっては精いっぱいのハッタリであった。しかし、テツ自身、あっけないと思うほどに、その条件はすんなりとオーケーされ、テツは代理店の人間となった。しかも、テツのいたプロダクションでは考えられないことだったが、こんな仕事（クリエイティブ）にもかかわらず、残業代も上限なしでオンされる給与システムなのであった。もちろん、残業代云々《うんぬん》は、テツに常識が欠けていただけの話である。

が、しかし、とにかく、いいかげんな業界ではあった。コンペ（制作競合）にしても、賞取りにしても、明確な基準は何もなく、クライアント（広告主）の満足度も商品の販売実績とイコールではなく、接待や袖の下は日常茶飯事であり……とにかく、そんな業界であった。

逆にいえば、そのいいかげんさが、テツには合っていたのだ。テツにとっては、この業界のありようが、まさに「よい加減」だったのであり、この業界で生き残る秘訣があるとすれば、この「よい加減」をいかに早く身につけるか、ということでもあった。

しかし、テツ自身、ここ十年を振り返ってみるとき、決して「よい加減」にやってはこなかった。「よい加減」はフクダにあずけ、自分は「いいかげん」にやってきた。

二人で組んで十年以上。クリエイターとしては、けっこういい仕事をしてきたとテツは思う。テツがコピーを書き、フクダが絵をつける。ときには、テツが絵を出し、フクダがコピーをつけたときもある。

二人にとって、不可能な仕事はなかった。ブリーフィング（オリエンテーション）を聴いたときは何も浮かばなくても、二人で酒を呑みながらアイデアを出し合えば、夜明けには世界一の傑作が、四つも五つもでき上がっていた。いわば、傑作を生み出すムード。それを共有することができれば、じつは相手は誰でもかまわなかったのだが。

広告の仕事は、コピーライターとアートディレクター（デザイナー）のチームワークである。それが、基本である、とテツは思っていた。仕事によっては、スタッフは十人近くなることがある。それぞれの肩書きを持つスペシャリストたちが、ああでもないこうでもないとやりはじめる。この世界ではブレスト（ブレーン・ストーミング）という。しかし、基本は二人のチームワークだ、とテツは思っていた。しかし、社内政治は、そうはいかない。仕事と政治とは、日本の場合、別なものなのだ。そこで、テツとフクダは担当を分けた。いや、フクダ自身、この点をキチンと理解しているかどうか、テツには自信がなかった。

が、テツにしてみれば、当然のこととして役割を分担したにすぎない。テツは仕事を取り、フクダは政治を取ったのだ。テツは職人を選び、フクダはゼネラリストを選んだのだ。

（そしてフクダは出世し、オレは生涯一キャッチの百円ライターとなった）

とはいえ、世が「平成」という何やらおとなしげな名の時代になってからは、その名とは逆に世の中ザワザワと不安げになってきたようだ。「広告不況」とかいう風も、業界には吹きはじめたらしい。

（いつまでノーテンキにやってられることやら……）

二杯目のミルクティーが半分ほどになったころ、店はランチ客でざわついてきた。

テツは、どこで何を食べようかと迷いながら、ロダンを出た。まだ、きのうの酒が少し残っているが……。

きょうのうちにサカシタをつかまえ、A社の扱いがフクダ・グループにいくことを、納得させなければならない。といっても、テツはさして心配はしていなかった。サカシタも充分テツになついていたし、フクダがあまり生意気に突っ走るようなら、その梯子段《はしごだん》を外して、サカシタに乗りかえるのも面白いかもしれない、などと想像することもあるきょうこのごろだったからである。

別人格

そのとき、テツはタクシーで山手通りを走っていた。午後の二時か三時ごろ。クライアントとのミーティングの時間は、すでに過ぎていた。先発させた営業の連中が、先方のロビーでイライラしながらテツを待っていることだろう。

しかし、クルマが渋滞につかまってしまったのだから、しょうがない。あきらめて歩道を眺めていると、上半身裸の男が何やら叫んでいる。

テツは、窓のガラスを少し下げて、外界の音が入るようにした。十一月の外気は、すでに冷たい。その風の中で、レゲエのオジサンが、といってもまだ三十代くらいの若さだとテツには思えたが、上半身裸になって何やら怒鳴っている。

誰かに向かって怒鳴っているわけではない。ただ、山手通りを走るクルマに向かって、ゾウキンのようなタオルを振ったり、人差し指を立てて突き出したりしながら、怒っているのだ。

（こいつも『独り言人間』の一種だな）

と、思った瞬間、テツには、その裸男が一人ではないことが解った。

そう。また、見えてしまったのだ。裸男にダブって、これも上半身裸の青白いやせた男が、まっすぐの棒、いや、軍刀のようなものを振り回しながら怒鳴っている。頭には、兵隊さんの帽子……よく南方の戦線で兵隊さんがかぶっていた陽よけのビラビラをつけた軍帽のようだ。

テツのタクシーが近づく。ノロノロと、その二人（？）と至近距離になったとき、青白い兵隊さんが、テツを見た。レゲエの兄さんは、あらぬ方《かた》を見ている。

しかし、暗く沈んだ兵隊さんの目が、テツの目に見入ったまま、動きを止めていた。

テツは、思わず窓のガラスを上げ、音をシャットアウトした。そうしないと、いまにもこの車内にとび移ってきそうな、イヤな感じがしたからだ。

そのとき、あらぬ方を見ていたはずの本人、つまりレゲエの兄さんが、突然テツの顔を指で刺した。指すという感じではない。まるで長年探し求めていたカタキにめぐり合ったかのように、意志的な目で、人差し指をテツに向かって突き出したのだ。

同時に、青白い兵隊さんが、レゲエの兄さんと分離し、テツに向かって突進してきた。

（おっと……）

テツの背すじに戦慄《せんりつ》が走った。と同時にタクシーが急に動き出し、兵隊さんの姿も視界から消えた。首を曲げてリアウインドウから見ると、レゲエの兄さんは相変わらずテツに向かって指を突きつけていたが、青白い兵隊の姿は見当たらなかった。

「ゾーッ」とすると同時に、無性に腹立たしくもあった。

（なぜ、こんなヤツラにオドされなくちゃならねえんだ！）

ヘンなものが見えてしまう自分に、テツは腹が立っていた。とともに、実体の（たぶん）ないであろうものにビクついた自分が、それ以上に腹立たしかったのだ。

「お客さん、大丈夫ですか？　顔色、悪いでっせ」

ちょっとナマリのある運転手の声に、テツは苦笑いした。

「いや、何でもない。ありがと」

いまテツが見た光景を説明したとしても、頭がヘンに思われるだけだろう。

それにしても、テツを襲う「異変」は、これで何度目だったろう。あの、生あたたかい風を変に意識した朝から、テツの「異変」ははじまった。

気にしだすと、よく目に入るようになる。これはモノが何でも同じだと、テツは思う。

たとえば、新車を買いたいと思う。こんどはレガシーかな（これはテツの趣味だが）と思っていると、タクシーに乗っていても、駐車場になにげなく目をやっても、やけにレガシーが目についてしまう……ことがある。

同じような感じで、街を歩いていても電車に乗っていても、テツは「独り言人間」に妙に敏感になっているのだった。

決して見るまいとは思うのだが、どうしても、テツの視線は「独り言オジサン」や「独り言オバサン」に向いてしまうのだ。

生活に疲れた感じの人が多かった。人生の落伍者かもしれず、その意味では現代社会のヒズミの犠牲者と言えるのかもしれなかった。

たとえば、駅のベンチに座っている老婦人がいた。

テツは、たまたま人と待ち合わせていたのだが、その間、彼女は電車の発着にはまったく興味を示さず、ただつぶやいているのだった。

（なぜ、こんなに不幸な人が多いのか……）

テツが心の中で嘆くと、その老婦人のつぶやきが急に大きくなり、怒り、ののしり、やがてまた元の調子に戻るのだ。その目が、異様に突き出ている。いや、そう錯覚させるのだ。

彼女は、独りぼっちなのだ。が、一人ではなかった。般若《はんにゃ》の面に近い青白き鬼女が、老婦人には同居しているのだった。

スーツを着た立派なビジネスマンが、真っ昼間、街を歩きながらプンプンと怒っていることもあった。

鎧袖一触《がいしゅういっしょく》。

触れる者は斬らずにおかないほどの怒気が、全身にあふれていた。目が、完全に狂っていた。そのケンマクに、すれ違う人たちは、ハッと道を空けてゆく。

（人騒がせな野郎だ……）

テツの目と出会うと、その狂った目は、青黒い別人格と重なっていた。山伏《やまぶし》というのか、修験者《しゅげんじゃ》というのか、天狗《てんぐ》のようなカッコをした別人格であった。テツの目にふれる「異変」は、いつも決まって「独り言人間」であり、それも何かに向かって怒っている人間たちであった。そして、「異変」に対するテツの能力は、次第に成長しつつあるようでもあった。

かつては何をしゃべっているのか聞きとれなかったのだが、「独り言人間」の「独り言」が、次第に聞きとれるようになってきたのだ。

聞きとれる、といっても、彼らもたいしたことを言っているわけではない。多くはグチや怒鳴り声の類いであり、さして意味のある言葉ではない。

「あんなつもりじゃ、なかっただ」

「バカこけ」

「オラのせえでねえ」

「そらそうだ」

「ヤツがよくねんだ」

「したらば、どする」

「どしたらよかか、わからん」

「わからんはずはなかろ」

「んだ」

「したらば、どする」

「んだ。ゆるせん」

「だれを、ゆるせんのじゃ」

「ヤツじゃ！」

気分のいい話ではないが、聞こえてくるものはしかたがない。そして、そのわずらわしさに抑えた怒りを感じるとき、テツにはその「独り言人間」がダブって見えるのだ。

彼らの「独り言」は、いわゆる「独り言」ではなかった。自分とダブっている青白い別人格の何者かと、確かに会話を交わしているのだ。

しかし、青白き別人格は、本人（独り言人間）の口を使ってしか喋《しゃべ》れないらしい。

だから、「独り言」にしか見えないのだ。

テツとしては、何ともやりきれない思いであった。

気分のいいことであるなら、こんな「異変」の一つや二つ、どうということもないだろう。

（オレは、超能力を身につけたのかもしれない）

などと、ルンルン気分を楽しむこともできたかもしれない。

しかし、これがじつに気色悪いのである。その気色悪さの原因は、もちろん別人格たちの表情、というか顔色にあった。いや、顔自体が、恐ろしく悪相なのである。単なる死人の顔、その青白い皮膚、というのとも違う。

この別人格どもは、確かに生きている。青黒い血液を循環させて、恐ろしく臭《くさ》い息を吐きながら、確かに生きている。そう感じさせる、気味の悪さなのだ。

（あいつらは、いったい何者なのか）

（オレたち人間とは、種類の違う生き物なのだろうか）

「幽霊」という言葉は、はじめからテツの脳裏にはあった。しかし、幽とか霊とかいう言葉の感じとは、あいつらはまるで違うのだ。質量があるくせに、人間とオーバーラップしてやがるのだ。

「異変」のことを考えはじめると、テツの頭は混乱し、やがては感情が乱れてくる。しかし、現実に何度も見ている以上、単なる「幻覚」として片づけるわけにはいかなかった。

精神的動揺……そして怒り……。そういえば、最近少し……また怒りやすくなったかもしれない、とテツは思う。

もし、この「異変」とテツの感情とのあいだに関係があるのなら、感情をコントロールすれば「異変」は消えるのかもしれない。しかし、自分にそんなことができるだろうか……？ テツに自信はなかった。

高校二年のとき、自分の人生が変わった。いや、自ら変えたのかもしれない、とテツは思っていた。

セブンティーン。もっとも多感なこの時期に、テツは、自分の日常が「ぬるま湯」であることを認識した。べつに、具体的な不満があったわけではない。受験戦争に押しつぶされた、というわけでもなかった。

県下有数の受験校に通いながら、成績は中の上くらいであったし、ちょっとがんばれば国立、T大も夢ではないと担任教師もおだててくれていた。しかし、セブンティーンのテツは、煙草を覚え、酒を呑み、やりきれない思いを抱え、そのエネルギーのやり場に困っていた。

(オレは、何かをやるために生まれてきたんだ)

このまま社会の歯車のひとつとして、自分が組み込まれていくことに、テツは割り切れない思いを抱いた。そして、抵抗したのだ。

わけの分からない巨大な怪物に対して、テツは気味悪さを感じていた。世の中のすべてが、オブラートでくるまれ、ほんとうの姿を現わしていない。テツは、そんな歯がゆさを感じていた。

「万年反抗期」——これは、テツが、テツ自身につけたニックネームのようなものだった。テツは、日常のすべてのものに疑問を感じた。反発を覚えた。

教室に座っていても、いますぐ、この机を引っくり返し、ドアを突き破りたくなった。しかし、そんな自分を、テツは必死で押さえ込んだ。そして、小説などを読みあさる毎日であった。

そんなある日、テツは授業をサボって入った映画館で、特攻隊を知った。学徒動員を知った。それは、『きけわだつみのこえ』をもとにしてつくられた映画だった。テツとたいして歳の違わない若者たちが、「祖国のため」に生命《いのち》をかけ、そして散って行った。時代も状況もまったく違うとしても、その青年たちのいさぎよさに、テツは感動していた。涙していた。

生命《いのち》をかける何か——これこそ、テツが求めても得られなかったものであった。

(時代は変われど、必ずあるはずだ。オレたちが、生命をかけてもやらねばならぬことが……)

テツの目は、歴史に、政治に、社会に向かった。大事なのは、学問的に解釈することではない。行動なのだ。何かを変えるために、行動を起こすことなのだ。

(受験勉強の中で、オレたちの目は曇らされている。若いエネルギーを押さえ込まれている。真実の何かから、わざと目をそらすように教育されているような気が

してならないのだ）

その揺れ動く多感な時期に、現状打破の衝動と戦う日々の中で、テツはマルクス主義を知った。同時に、坂本龍馬《りょうま》を知り、高杉晋作《しんさく》を知り、吉田松陰《しょういん》を知った。

時代も、六十年代後半に入っていた。羽田闘争から始まる激動の時代の幕開けは、すぐそこまで来ていた。

「――お客さん」

運転手の声で、我に返る。クライアントの巨大なビルの前に、タクシーは着いていた。

時計を見ると、約束の時間を一時間もオーバーしている。

（さてさて、どうなることやら……）

気の重さが足の重さとなったのか、テツはクルマを降りるとき、つまずきそうになり、小さくタタラを踏んでいた。

異変（一九七四）

ゲバルトは、好きではなかった。しかし、国家の本質が暴力装置である以上、その国家権力と戦うにはある程度の暴力＝ゲバルトも必要悪ではあろう。と、かつてのテツは考えていた。

とはいえ、自分の肉体を使って相手の肉体をきしませる肉弾戦は、生理的にもイヤなものであった。

まして相手が国家権力ではなく、他党派とはいえ、同じ隊列を組んだこともある活動家の場合は、たとえどんな理屈が並べられようとも、容易に納得のいくものではなかった。

自分の党（セクト）に対して、その理論と行動の正当性についての確信がいくら強くあったとしても、内ゲバを合理化することにはならない。内ゲバには、いかなる論理的正当性も存在しないのである。

まして、最近のヤツらのやっていることといえば、内ゲバですらない。と、テツは思っていた。完全なテロ行為なのだ。

六〇年代後半の内ゲバは、まだ「集団」対「集団」の、いわば陣取り合戦のようなものであった。「総括」という名の敗北宣言さえ出せば、たとえリンチはされていても、生命《いのち》のあるうちに釈放し合ったものである。

ところが七〇年を過ぎると、完全な殺し合いとなってしまった。一人を相手にした暗殺集団の待ち伏せ、襲撃、殺人行為が、大手を振ってまかり通っている。

こんなふうに突き放して考えること自体が、すでに、テツ自身の精神的離脱を意味していた。かつて生命を燃やした「戦線」は、遥か彼方の幻と化していた。

「なあ、状況は切迫しとるんや。実行はオレたちがやる。テツは、ただヤツを確認してくれればいいんや。それだけでいいんや」

大学時代、二級上だったヤマザキが、テツの顔を覗《のぞ》き込む。

そして、ささやく。押しつけがましく、相手の気持ちなど考えようとせず、しかも当然の要求のように……。

「なあ、ヤツの顔知っとんのは、テツ、おまえしかおらんのよ」

すでに看板の灯を消した、場末のショットバー。ヤマザキが、世をしのぶ仮の姿として営業している店だ。

バーテンの姿は、すでにない。カウンターにはテツを真ん中に、左にヤマザキ。右には、テツの知らないサラリーマン風の男。さっきから正面の酒棚を見つめたまま、黙々と呑んでいる。ヤマザキの仲間、つまり組織の人間であることは間違いない。

「ヤツの顔なら、ヤマさんだって知ってるじゃありませんか」

テツのその言葉を予期していたように、ヤマザキは大きく頷《うなず》きながら、テツの目をからめとるように見据えた。

「オレら、この作戦だけでポシャルわけにはいかんのよ。次は、もっと大物がひかえとる。今回、オレが直接出バルわけにはいかんのよ。そこんとこ、テツにもわかるやろ」

勝手な理屈だ。と、テツは思う。

しかも、テツ自身、足を洗ってすでに五年。いまでは小さな広告プロダクションにもぐり込み、コピーライターというカッコいい名刺まで持つ身になっている。打倒すべき資本主義社会の、その底辺で、まさに資本の走狗《そうく》として平和に暮らしているのだ。

「オレは、もう組織の人間じゃない」

「わかっとるよ、そんなこと。だから、こうして頼んでるんやないの。ほんとはこんなとき、ヨシがおればなあ」

「ヨシさんはいま、どうしてる？」

「ムショ。ヨシだけじゃなくて、サクマもタケも……」

「キタヤマさんは？」

「ああ、あいつな……。日和《ひよ》りやがって、行方不明や。もう何年になるかな……」

「イシやんは？」

「イシダは、いま静岡の山ん中や。あいつ、気はいいんやけど、ちょっと警戒心てのが足りなくてな。じつはS派に襲われてな、かろうじて生命《いのち》は助かったんやけど……まあ、空気のいいとこで療養しとるわけや」

「……」

テツの脳裏を、さまざまな若者が通り過ぎ、消えていった。青春をかけ、生命をかけ、「革命」という夢を追いかけていた仲間たち。

彼らにしてもテツにしても、いわゆる全共闘運動から生まれた学生活動家ではなかった。テツの大学でも全共闘は結成されはしたが、それはあくまでも学生大衆をとり込むための大衆運動組織としてであり、その中枢は学生自治会と同じように、テツたちの党派がガッチリと握っていた。そして、テツも他のメンバーたちも、活動家たらんとするより、革命家たらんと志《こころざ》していたのである。

といっても、テツにとっては、すでに昔の話であった。

「せめてイシダが元気でいてくれたらなあ。なあ、こんな状態なんや。な、頼むよ。テツには迷惑かけないよって」

（冗談はよしてくれ。暗殺の手引きをして、無事でいられるなんて、そんなわけねえだろ！）

まったく、何年たっても変わらないヤツだ、とテツはうんざりした。ふと、最近つきあいはじめたレーコの横顔が浮かんだ。

テツの過去など何も知らず、というか何の興味も示さず、十代のころからファッションに夢中になったり、歌手やバンドマンを追っかけたりして青春をすごしてきた下町の娘。その底抜けの明るさが、テツには眩《まぶ》しかった。その軽さが、テツにはうれしかった。テツの求める「市民社会」が、そこにあった。

しかし、このヤマザキのように、時折り時間を逆戻りさせるべく現われる人間たちもいる。

そう。あのときのマサキも、突然、社を訪ねてきた。いや、いちおう電話でテツの都合を訊いてから、ちっぽけな広告プロダクションの受付けに姿を見せた……。

いま、このヤマザキのオルグに乗るくらいなら、あのとき、マサキの話をもう少し詳しく聴いてやるほうが意味があったのでは？　と、テツは思った。

マサキ……やつの死の真相を、なぜかテツは知らない。というか、誰からも納得のいく説明を受けたことがない。

「ね、ヤマさん。マサキのことなんだけど」

「マサキ？　ああ、テツの学年じゃマサキだったよな、キャップ張ってたのは。惜しいことしたよな」

「ホントんとこ、マサキは何で死んだんですかね？」

「ん？　そりゃオマエ、事故だろ？」

「事故っていっても、いろいろあるでしょうが」

「いや。オレが知る範囲じゃ、ただの事故……だった」

「そんなはずはねエよ！」

「ん？」

「なんか、そんな気がするんですよ、オレ……」

「マサキの件は、オレもようは知らん。それよりテツ、ちゃんと考えてみろよ」

あのときマサキは、テツにいったい何を求めていたのか……？

本気でオルグに来た……わけではないはずだ。なぜなら……やつの得意な状況分析が、あの日はほとんど出なかった。マサキにしては、妙に無口、というか言いよどんでいる感じだった。

もう、何を言ってもテツが組織に戻るはずのないことを、マサキは悟っていたはずだ。

(……オレの顔を見に来たのだ！　ただ、それだけだったのだ。それとなく、別れを告げに来たのだ……きっと)

せっかくつかんだ平和な日々……そして、そこで築きつつある人間関係……それらすべてが、あのとき、すでに、テツにとっては、もはやかけがえのないものになりつつあったのだ。

「よう、テツよお！」

ヤマザキがテツの顔を覗き込んだとき、いままで黙って呑んでいた右隣りの男が、

——トン！

と、音をたててグラスを置いた。

そして、テツの顔を見た。

酔いのためか、ふだんからそうなのか、妙に座った目が、冷たい光を放っていた。

「使えませんね、この人」

テツを見据えながら、テツを通り越して、ヤマザキに言ったようだった。

そのとき、テツの中で、何かがプツンと切れたのだった。

――シューッ！

音をたてて、テツの腹中に怒りが充満した。

「まあ、そう結論を急ぐなや、スッポン」

ヤマザキがとりなそうとしたが、すでにテツはスツールを降りていた。

スッポンと呼ばれた男も、テツの動きに合わせ、右へ腰をズラせつつ降りようとしていた。

「オイ、テメーラ、二人とも……」

ヤマザキが叫んでいた。

瞬間、テツは、

（シマッタ！）

と、声にならない声を発した。

長く光る武器がテツの頭上を舞い、テツは右のきき腕で、その鋭利な武器を受けることになった。

（鉄パイプ？　まさかカタナ？）

しかし、テツの右腕にも体のどこにも、不思議と何の衝撃もない。

右腕で頭をガードし、腰をかがめた姿勢のまま、テツは相手を捜した。スッポンと呼ばれた男は、なぜか二メートルも後退し、まるで竹刀か剣を構えるように、両腕を前に突き出し、肩で激しく息をしている。

両目は異様に見開かれ、狂ったような光をたたえている。

テツは事態が呑み込めず、思わずまばたきを連発した。するとスッポン男は、もはやさっきまでのスッポン男ではなかったのだ。

薄灯りの下に、やせて目ばかりが光る青白い男が、そこにいた。

異形《いぎょう》、である。不気味に光る日本刀を、テツに向かって青眼に構えている。ヨレヨレの長袴《ながばかま》の腰に、引きずりそうなほどに長いサヤを差している。髪は、後ろがどうなっているのかよく分からないが、マゲのように束ねている、とテツは思った。

いつのまにか、冷たい空気が、床上十センチほども漂っている。まるでドライアイスをたいたように。しかも、その冷気が急速に増してくるのだ。

（バカな！）

テツは自分の目を疑った。ドアを背にして、大時代なバケモノが、どう見てもサムライかローニンの風体《ふうてい》をした男が、テツに向かって太刀を構えている。

「おい、スッポン、どうした？」

ヤマザキの声に、ふと気づくと、ドアの前には誰もいない。

スッポンという男が、突然サムライに姿を変え、そして消えた。ドライアイスの煙も冷気も、一瞬にして消えていた。

「ヤ、ヤマさん、あいつ何者だい」

「あ、ああ、変なヤッちゃなあ。いったい、どないしたんやろ。あわてて逃げ出しおって」

「逃げた？」

「おい、テツ、おまえスッポンに何したんや？」

「何したって、あいつがオレに……」

「アホこけ。ヤツは何もしとらんよ。パッとテツから逃げただけや」

「いや、一瞬サムライに変身して、カタナ構えてたろ?」

「なにをアホなこと」

「ヤマさん、見てなかった?」

「おいおい、もっとおもろい冗談言えよ」

ヤマザキもテツも、それほど酔っているはずはなかった。しかしテツには、ヤマザキが嘘をついているとも思えなかった。

(ヤマザキには、見えなかったのかもしれない……)

(しかし、そんなことがあり得るだろうか)

(それとも、オレが幻覚を見たのか?)

スッポンが何者であるのか、結局ヤマザキは明かさず、ヤバイ話もそのままになって、テツはなんとかその場を逃げ出すことに成功した。

一歩店を出ると、そこは昭和元禄の太平の巷《ちまた》。酔客を送り出すホステスたちの声が、猥雑《わいざつ》な空気を震わせていた。

リハビリ（一九九四）

窓の下に、四車線の道路が走っている。タクシーの赤やグリーンの表示が、三階からはよく見える。

テラス風のガラスの箱。そのガラスに寄りかかって、テツは雨の降りはじめた大通りを見下ろしていた。

奥のカウンターでは、マスターのオクダが、常連客を相手にホイットニー・ヒューストンの体と声の関係について講義をしていた。原宿には珍しい、「ポピーズ」という渋い店だ。

テツもさっきまでは、その輪の中にいたのだが、なぜか話に乗れなくて、グラス片手に誰もいないこの席に移ったのだ。

なぜか——ではなく、テツにはその原因が解りすぎるほど解っていた。

「異変」——のせいなのだ。あの朝の事件以来、異変は何日かおきに起き、そのたびにテツの気分を落ち込ませていた。

そのくせ、テツはそのことを深く考えようとはせず、ちょっとした気の迷い、のごとき対処をくり返していた。つまり、何もしてこなかったのだ。それ以外に、いったい何ができたというのだろう。

ただ、さっきオクダたちと笑い興じていながら、ふと思い出したことがあった。テツ自身は、それを酒の上の錯覚、あるいは幻覚として記憶のひだの奥深くしまっていたのだったが、

(ひょっとしたら……)

と思い出したのだった。

大学時代の先輩のヤマザキの店で会ったスッポンという綽名《あだな》の男が、奇妙な変身をしたのだ。

(ひょっとしたら、あれが『異変』第一号だったのかもしれない)

しかし、あれからもう……二十年も経っているのだ。時の経つのは早いもの、と、ガキのころから聞かされてはきたけれど、自分の身にふりかからなければ、実感と

しては解らないもんだな……。テツの胸に、感傷のような熱い感情があふれていた。

（確かに、最近のオレはおかしいや）

コピーライター、という仕事（職種）があることを、テツは卒業間近になって知ったのではなかったか……。

それまでは、身上調査のなさそうな小さな出版社ばかりを回り、十社、二十社とダメを出されていた。そのうちの一社の先輩が、

「最近は広告代理店のほうがカッコいいよ。営業さんはパリッとしているし、コピーライターなんて、これからの仕事だよね」

とか、何とか、話してくれたのだが、その話を聞いたとき、テツは、なぜか「コピーライター」という職種に、それが初めて聞く名前にもかかわらず、懐かしさのような不思議な感覚を感じたのだった。

そしてもぐり込んだのが、小さな広告プロダクションだった。もちろん、聞くと見るとじゃ大違い。広告会社にもランクがあって、大手の広告代理店ならいざ知らず、ちっぽけな広告屋の実態は、なかなかに過酷でもあった。

スポンサーのわがままは、それがどんなに理不尽なものであれ、すべて機嫌よく承《うけたまわ》らなければならない。テツたち若い者が何日も徹夜して仕上げた作品を、ちょっと気が乗らないからというだけで、平気でボツにしてくれる。

営業マンも上司もみんなスポンサーのほうを向いており、若いクリエイターの言い分など、ノレンに腕押し、ヌカにクギ。

しかし、テツにとっては、そんな修行の日々がどんなにありがたかったことか……。

何も考えず、ただ仕事に熱中する。ほかの若い者のようにグチやボヤキを発するヒマがあれば、ただ体力にまかせて仕事をした。

それが、テツにとってはリハビリテーションでもあったからだ。

(こんなもん、権力とのガサガサした闘争に比べたら、天国のようなものさ)

テツにとって大事なことは、とにかく忘れることであった。そして、一日も早く市民社会に同化することであった。

残業も徹夜も、テツにとっては、少しも苦にならなかった。

安心と平和の日々。その上、給料まで支給されるのだから、何も言うことはなかったのである。そして時間が空けば、新宿はゴールデン街の安い店で、夜が明けるまで呑み続ける。

高校から大学にかけて、肩肘張って守ってきたテツの世界観は、いわば崩壊状態にあった。

青春のすべてをかけた急進的マルクス主義運動は、もはやどこにも存在してはいなかった。書物の中に、そしてテツの心の中にあった真実は、理想は、ユートピアは、高度成長期の日本の現実にぶつかって、見事にはじき飛ばされていた。

何が間違っていたのか。理論か。実践か。主体的力量か。

時折り目にする「その後」の報道は、いらだたしく、悲しく、口惜しいものでしかなかった。

しかし、フヌケのテツには、いまさら為《な》す術《すべ》は何もない……。

学生会館やバリケードの中に泊まり込んでいたあのころ、夕方になると、テツはタテカンに大きな文字を書いた。夜になると、ガリ版の原紙に向かって文字を刻んだ。……あの四角い文字を、いまのテツは原稿用紙に向かって、朝から晩まで書き続けていた。

一行のキャッチフレーズのために、テツは二百も三百もフレーズを書き上げていった。たった二百字のボディコピーを書くために、二晩徹夜したこともあった。

「テツのコピーってさ、何ていうか、カタイんだよな。化粧品なんだからさ、女性向けなんだからさ、もっとデリケートなやわらかさ、出せねえかなあ」

大先輩のアートディレクター。毎晩のように酒は呑ませてくれたけれど、仕事に関しては厳しかった。

「テツって名前がカタイのかな。おい、いっそのこと名前変えてみるか」

あまりカタイ、カタイと言われ続けたので、テツは名前を変える代わりに、自分の書く文字を変えてみた。四角張ったガリ切りの文字から、角を丸くとったナール系（丸ゴチック）の文字へ。いまでいう女子高生の丸文字のようなものだ。

この作戦は、うまくいった。同じようなフレーズでも、この文字で書くと、ADの通りがよくなったのだ。

そして二年も経つと仕事のコツも覚え、社内の評価もそれなりに上がり、テツは

（コピーライターになれるかもしれない）

と、本気で考えはじめていた。

つまり、これを一生の仕事として、このまま市民社会に同化できるかもしれない、と思えるようになったのだ。

時代は、輝かしき高度成長期。そのピークの時代。オイルショックも乗り越えて、日本経済はエコノミックアニマルなどと揶揄《やゆ》されながらも、その進歩のスピードをゆるめようとはしなかった。

広告業界も大いに潤《うるお》い、テツの社のような小さなプロダクションにも、そのおこぼれは回ってきた。

そして七年目。テツにも移籍話がきた。まだ一般社会では「転職」などタブーとされていた時代。しかし、こと広告業界に限っては、人材移動は日常茶飯事。むしろそれが常態化していた異常な時代ではあった。

「テツさん、どうしたの？　大丈夫？」

オクダの心配そうな声に、テツは我に返った。

「タキちゃんがさ、ナツキの店に行こうって言うんだけど、テツさん、どうする?」

オクちゃんがこう言う以上、きょうはカンバンだ。仲間が何人かいれば、店主がいなくても好きなだけ呑んで、帰りたくなったら鍵をかけて裏から出ればいいのだが、きょうはそういうわけにもいかない。

「そうだな、久しぶりにつきあおうか」

「よっしゃ。じゃ、オモテで待ってて」

テツたちは、二十四時間営業のパブ風の店へ移動した。雨はひとハケで上がったらしい。

「あら、テツさん、あした休みなの?」

ナツキがテツを見て、目を見張ったような顔で声をかけてきた。

「なんでオレだけ休みなのさ」

「だって、テツさん、休みの前の日じゃないと、この店に来てくれないじゃない」

「そうだっけ?」

「テツさん、オレたちに内緒でこの店来てんだ！」

タキモトが、ハゲ上がった赤ら顔を輝かせる。ちゃんとした妻子持ちのはずだが、本人いわく「帰宅拒否症」ということになっている。

「あら、知らなかったの？　ワタシとテツさんとは、とっくの昔から、ネエ？」

たわいのないやりとりの中でも、テツはなぜか緊張している自分を感じていた。酒もさっぱり酔わせてくれない。

（あれ以来、女を見るのもこわくなってやがる）

自嘲《じちょう》しながら、テツはナツキの小麦色の肌に見とれていた。

この娘は、いや、娘といっても三十歳はとうに過ぎているはずだが、冬でも小麦色の美しい陽焼けをしていた。年に五回……はバリへ行っているのではないだろうか。

テツもバリは大好きだったが、それでも年に一回か二回。最近は一回行くのがやっとであった。

と、南国の楽園に想いを馳《は》せながらも、テツは内心ビクビクものであった。

女の「異変」――これはとくに見たくないのである。

あれは……三日前のことであった。

ある仕事の打ち上げパーティがあった。制作のスタッフやキャストをはじめ、代理店側の人間とクライアントとの慰労会のようなものであった。

テツは、「文学少女」のジョーチンを連れて出席したのだが、クライアントの人間たちがモデルの美女たちをからかいはじめたので、バカバカしくなって途中で会場を出ようとした。すると、ジョーチンもあとを追って出てきたのだ。

「オレにつきあわなくてもいいんだぜ」

「いいの。食べるもの、食べてきたし……」

そこで、二人は夜のギンザをブラブラしたのだが、地下鉄の駅まで来ても、ジョーチンが帰ろうとしないのだ。

「帰るには、まだ早いか？」

「うん！」

テツはジョーチンを連れて、ちょっとしゃれた店に入った。

オモテから見たのではまったく分からないが、ネコのヒタイほどの中庭があり、幻想的にライティングされたその庭を見ながら呑めるという店である。

「わあ、ステキ！」

考えてみれば、もう長いあいだアシスタントをしてくれているこの娘と、ゆっくり話をしたこともないテツであった。

（よし、きょうはジョーチンの慰労会だ）

「何でも好きなもの、頼んでいいよ」

「わあ、スゴイ！」

意外と、よく呑む娘だった。はじめはカクテルを気どっていたのだが、やがてはテツと同じバーボンのソーダ割りを、グビグビとやりだした。

気がつくと、トレードマークのメガネを外している。

「おいおい、メガネを外したね」

「うん、私ってさ、酔ってくると装身具が重く感じられちゃうタイプなんです」

「あ、こりゃだいぶ酔ってらあ」

「うん」

ジョーチンが、いつもは見せたことのない裸（？）の目をキラキラさせて、テツを見ていた。

（ほう、けっこう可愛いんだ）

テツには、まったくと言っていいほど、その気はなかったのだ。しかし、メガネを外した新鮮な彼女を見るうちに、久しく眠っていたスケベ心が
――ムクムクッ！

と目覚めてしまった。

と、思うまもなく、テツは後頭部を一発ガツンと殴られたようなショックを、全身で感じていた。

あろうことか、こんなときに、あの「異変」なのである。

文学少女の、頰《ほお》をうっすらと赤らめて瞳をうるませた可愛い顔が、またしてもオーバーラップ現象を起こしている。二重映しにブレているのだ。

しかも、しかも、何としたことか、彼女の別人格は、人間ではない。……たおや

かな、と言おうか、はんなり、と言おうか、ともかく魅力的な一匹の牝《め》ギツネが、彼女と一体化しつつ、テツをうっとりと見つめているのだ。

まだうら若きキツネなのだろう。それなりに、美形なのかもしれない。

しかし、テツの心は完璧にダメージをくらっていた。

急に黙り込んだテツを、ジョーチンは誤解したのかもしれない。あれこれと甘えるような言葉を発していたが、やがてとまどい、酔いにまかせた。

テツの心が静まるにつれ、文学少女の牝ギツネも姿を消し、ジョーチンも急に我に返ったのかメガネを再び顔に戻した。

としても、テツとしては、一度見てしまった以上、もはやどうなるものでもなかった。

テツの態度の急変に、さまざまに気を使うジョーチンに、

「なんでもないよ、ちょっとね」

とか、

「最近ハードだったから、酔ったのかも」

とか、その場をあわててつくろうのみ。

（クワバラ、クワバラ）

一刻も早く帰りたい、と焦るテツであった。

そんな経験をしたにもかかわらず、次の夜もネオンに誘われて、テツは呑みに出かけた。

じつは、それは、一種の実験でもあった。

自分の超能力が、日ごとにパワーアップしているのではないか、という漠然たる危惧《きぐ》に、我慢できなかったのだ。

そして実験は、残念ながら、見事に成功した。

テツが少しでもスケベ心を起こすと、ホステスたちの何人かは瞬間的にダブっていた。ある者は、夜の銀ギツネに。ある者は、吉原のおいらんのようなアデやかな姐《ねえ》さんに。三味線を抱えた小唄のお師匠さんや、アラブの千夜一夜物語の踊り子のようなエキゾチックな美女までも。

こう書くと、とても楽しげではあるけれど、実際は、それらがすべて青白く、暗く、粘着質で、気味が悪いときているのだ。そう。爬虫類的な感触、と言えば解ってもらえるだろうか。

それからというもの、夜の街を歩きながら、テツは自分がいかにエッチなのかということを、イヤというほど思い知らされたというわけである。

ウインドウを覗き込む柳腰のＯＬ。ふと顔を見たくなり振り向くと、美しい牝ギツネがガラスに映っていたりする……。

（このーッ、なぜ、オレだけが……）

言い知れぬ怒りと淋しさに、プリプリと歩いていると、すれ違うサラリーマンが、またダブルで見えたりする。

絶望だけを見つめているような空虚な目が、テツを見るとハジかれたようにソッポを向く。

（なんだ、テメエッ）

こっちは、さらにムシャクシャしてくるのだ。

（ノイローゼ……？）

思いたくはないが、その言葉がふとテツの頭をよぎるのだ。

（バカな）

あわてて打ち消すテツ。


「ねえ、テツさん、どうしたの？」

ナツキが、テツの目を覗き込んでいた。

「あんまり酔ってるようにも見えないけど、疲れてんの？」

「ああ、ちょっとね」

このナツキにだけは、変身してほしくないと、テツは思った。

「あしたもお仕事でしょ、きょうはもうお帰んなさい」

周りを見ると、相当できあがった二人が、うらやましそうにテツを見ていた。

「そうそう、もうお帰んなさい」

帰宅拒否症のオジサンが、ナツキの言い回しをマネて、はしゃいだ。

ジェラシー

しかし、その後もテツの症状は、いや「異変」は少しもおさまることなく、逆に進行が速まり、ますますエスカレートしてゆくようであった。

確かに、はじめは怒りの感情と関連していた。テツが怒りを発すると、同じように怒っている「独り言人間」がダブって見えるようになった。

そして、次は、スケベ心だ。テツがスケベ心をムクムクさせると、スケベな心を持つ人間どもが、それなりの別人格や色っぽいキツネをダブらせていた。

そして、テツの症状は、いや、テツの超能力のレパートリーはさらにひろがっていったのだ。

自己嫌悪。

孤独。

……そして、酒乱。

それはそうだろう。こんな恐ろしい「異変」につねに戦々恐々としていなければならないわけで、自分自身にイヤケがささないほうが珍しいのではないだろうか。人嫌いにも、なろうというものだ。

あとは、ただ浴びるほどに酒を呑み、自分自身の日常感覚をマヒさせてしまうこと。それくらいしか、テツには実行することがなかったのだ。

ところが、テツが自己嫌悪に陥っていると、同じように自己を嫌悪している人間が、テツには解るようになった。

なぜなら、テツの心境と同じような心境に陥《おちい》っている人間が、テツには二重映しにダブって見えるからだ。

いつもテツのコピーを手際よく批評するエリート営業マンがいる。妙に、テツになついている男だ。自分にないものを、テツにみているのかもしれなかった。

しかし、テツにしてみれば、自分はカラッポだと思っている。

（こいつ、何を誤解してやがるんだろう）

ということになる。

しかし、べつに害はないので、あえて何も言わず、そのままにしておいた。

ブランド大学を出て、家柄も顔も頭もスタイルもよく、おまけに英語もペラペラという人間だ。マイナスの材料しか持っていないテツにしてみれば、うらやましいかぎりのヤツだ。

しかし、その男が、なんと自己嫌悪という感情にさいなまれていることを、テツは知ることになった。

その男にダブっている別人格は、いつも自分の体中にハリやクギを刺したり抜いたり、青白いくせに血みどろになっている男だ。そして、「自分がない」とか「自分という人間は借りものだ」とか「与えられた役しかこなせない」とか、贅沢《ぜいたく》な悩みを並べたてているというヤツだ。

また、テツが孤独感にさいなまれていると、公園や路地裏にたたずむ老人たちの多くが、ダブって見えてきた。

別人格の顔も、同じように暗い目をした老人だ。

（あんたら、一人じゃないよ。みんな仲間がついてるじゃないの。ほんとは孤独じゃないんじゃないの?)

などと、皮肉のひとつも言いたくなる孤独なテツであった。

酒乱というのも、始末が悪い。

テツ自身、したたかに酔っているわけで、そのとき自分が見ているものが現実かどうか、テツには自信がない。

とにかく浴びるほど呑んでいるヤツは、よく見ると本人はちっともおいしそうではないのだ。ただ、あやつられるように、機械的に呑んでいる。同居している別人格の、その完璧なアルチュー男が、いつまでもいつまでも、ただ呑むだけのために呑んでいるのだ。

そんなこんなで、「異変」がエスカレートするにつれて、テツの生活も、仕事も、つきあい関係も、メチャクチャに崩れていったのだ。

もはやいかなる感情を発しても、「異変」は日常的に起こるのだ。朝から晩まで、テツは妖怪ランドで暮らしているのだ。

社には、酒の抜けない赤ら顔で、饐《す》えた臭い息を吐き、ヨレヨレのズボンのまま、しかも昼過ぎにたどり着くという超重役出勤だ。

それでも何とか、超手抜きとはいえ、仕事だけはアップアップしながら片づけていた。

同僚はあきれ、上司はあきらめ、営業はヘソを曲げていた。こんな状態があと一ヵ月も続いたら、テツは間違いなく、いいかげんさがたまらない魅力の、この広告代理店をクビになっていたことだろう。

その日、テツが出社すると、海外焼けしたCFプロデューサーのサムが、ニヤニヤと寄ってきた。もちろん、すでに午後だ。

キザな男だが、社のメイン・クライアントの二社を、なんと二十年も担当している古株であった。業界でも、それなりに名は通っているらしい。

「おやまあ、やっと真打ち登場かい」

カン高い声が、白日酔いのテツの頭に反響した。

「かんべんしてくださいよ、サムさん」

逃げようとするテツの腕をつかみ、部屋の隅にあるミーティングルームへと引いてゆく。力はけっこうあるのだ。

「内緒ヨ、ないしょ」

ミーティングルームに人のいないのを確かめると、テツを引きずり込んでドアを閉めた。

「テッちゃん、知ってる?」

「えっ……」

「その顔は、知らないな」

「知るも知らないも」

テツはガンガンと鳴る頭を少しは働かせようとするが、これがまったく頼りない。

サムは声をひそめると、ちょっとマジな表情をつくった。

「じつはね、テッちゃん。余計なこととは思うんだけど、テッちゃんだけには言っといたほうがいいと思ってね……」

「どんなことでしょ」

「おたくの文学少女のこと、なんだけどね」

「……ん？　ジョーチンが何か？」

「ご承知の通り、アッシはここ三ヵ月海外にいたわけでしてね」

サムの日本語も、ますますおかしくなっている。

「あれは、ちょうど二ヵ月くらい前かな」

「はあ」

「アチキはハワイでちょっと休んでたんだけどさ、見ちゃったのよ」

「何を？」

「にぶいわね、おたくの文学少女をよ！」

「ジョーチンが、ハワイ？」

「そう、マウイのホテルで、男と遊んでた」

二ヵ月前といえば、九月の終わりか十月の初めごろ。ジョーチンも四、五日の休みくらいとったかもしれなかった。

「それが、何か？」

「ったく、張りあいのない酔っ払いだね。問題は相手のオトコよ」

「オレの知ってるヤツですか？」

「だからワザワザ話してやってるんだろうが。目を覚ませ、酔っ払い」

「……」

サムは、さらに声を落として、ささやくように言った。

「え、よく聞こえませんよ、サムさん」

「このーッ、耳をお貸し！」

サムはテツの耳を引っ張ると、息声でつぶやいた。

「フ・ク・ダ」

思いがけない名前だった。

「フクダって、あのＡＤの？」

「シッ！　声が高い！　あのＡＤもこのＡＤもあるものかね」

「……」

テツの鈍い頭の中で、女の顔と男の顔が、浮かんでひとつにダブってゆく。

「わかるわかる。テッちゃんの悔しい気持ち、よくわかる！」

「オレは、べつに……」

まさか、あのフクダと、文学少女のジョーチンが出来ていたとは……。

（どう考えても、オレには考えられない。フクダには、べっぴんの女房も子供もあるはずだし……）

気がつくと、テツは一人でミーティングルームに座っていた。

プロデューサーのサムは、言いたいことだけを言うと、テツの反応も確かめずにサッサと姿を消していた。

胸ポケットをさぐり、煙草をとり出す。ぎこちなく、一本くわえて、火をつけた。

「ウーン」

テツは、うなったまま、ハチャメチャの頭を整理しようと、明け方まで呑んだバランタイン・セブンティーンの残り香と闘っていた。

（いったい、何が問題だというのか……？）

ジョーチン。文学少女のようだとはいえ、すでに立派な適齢期の女性であった。

何日か前、パーティのあとでテツに見せた色っぽい流し目といい、メガネさえとれば、アッと驚く可愛いコちゃんであるわけで……。

（待てよ……）

二ヵ月も前からフクダと出来ていたくせに、あの晩のテッに対する嬌態《きょうたい》は、いったい何だ。

（いやいや、彼女はああ見えても、やっぱり牝ギツネなんだ……）

艶然《えんぜん》と微笑《ほほえ》んでいたジョーチン・ギツネの顔が、再びテツをゾクッとさせた。

この場合、オフィスラブの相手にジョーチンをたらし込んだフクダのほうに、やっぱり問題があるのかもしれなかった。

（フクダのやつ、オレに黙って若い娘を……。しかも、オレのアシスタントの……）

しかし、誰が何をしようと、テツと何の関係があるというのだ。ジョーチンは、テツの彼女でも、保護すべきムスメでも、何でもない。ただ、自分の下に配属されている部下にすぎない存在なのだ。

回転の鈍い百日酔い頭が、やっとそこまで考えをこぎつけたとき、テツはようやく落ち着けるような気がした。

（かくてこの世は、何事もなし……）

頭を振り振り、立ち上がる。

しかし、その瞬間、テツは平衡感覚を失い、軽い立ちくらみを感じた。

（ん？　どうしたというのか……？）

よろけた体をミーティング・テーブルについた両手で支えながら、テツは、自分のハラワタのあたりに異常が発生しているのを感じた。内臓が急に熱く煮えたぎり、その熱いものが胃に逆流しはじめた。

猛烈な嘔吐感《おうとかん》に襲われたのだ。

フラつく足でドアに体当たりをくれ、クリエイティブ・ルームをなんとか走り抜け、テツは廊下へ飛び出した。文学少女のジョーチンの、心配そうな不安そうな視線を、横目の隅に入れながら……。

ハイジャック

その日、結局テツは、三十分のうちに三度もトイレに駆《か》け込んだ。いくら吐いても、気分はいっこうに治らなかった。

当然、仕事にはならない。

「サウナで寝るか、うちで寝るか、うちへ帰ってゆっくり考えてみるよ」

心配するジョーチンを片手で制しながら、テツは社を飛び出した。いや、心は飛んだつもりでいたのだが、足元はフラフラ、気分はヨレヨレだった。

木枯らしが、並木の小枝を震わせていた。

（こりゃ、いつもとちょっと違うわい）

これまでの不摂生のツケが全部まとまって一度に回ってきたのかもしれない。テツの体のバランスは、完全に狂っていた。

（それもこれも、元をただせば、あの『異変』のせいだ）

《そうではなかろう、フクダのせいだ》
（いや、オレはジョーチンのことなんか、何とも思っちゃいねえ）
《フクダ以外の誰かがジョーチンをものにしたというのなら、そう言えるかもしれぬが》
（なんだと……？）
《確かに、ジョーチンはどうでもいいことかもしれぬ》
（そうだ。文学少女なんか、オレの趣味じゃねえ！）
《そこまでは言い過ぎだろう。だが、まあよしとしよう》
（何が、よしとしよう、だ）
《問題は、フクダだ》
（そう、問題はあいつだ）
《ハラワタが、熱いだろう》
（ナニッ？　ウーン……）
《相手がフクダだと思うと、ハラワタが煮えくり返るだろう》

（なんだ、この熱さは……。このムカムカは）
《それが、人間の嫉妬というものだ》
（シット？　……）
《ジェラシーだ！　ヤキモチだ！　ネタミだ！》
（そんな感情、いまのオレには無縁のものだ）
《確かに。この業界にもぐり込んで何年かは、いや、つい最近までは、意識せずともすんだであろう》
（嫉妬って、何だ？）
《ハラワタが燃えて焼けることだ》
（そんな感覚は解ったよ）
《嫉妬、それは愛の対極にあるものだ》
（なに？　もう一度言ってくれ。愛？　……）
《そうだ。愛の対極にあるものは、憎悪ではない。嫉妬なのだ》
（……？）

《………》

（おまえ、いったい誰だ？　何者だ！）

テツは、愕然《がくぜん》とした。足を停めて、周りを見わたした。

通行人が、テツを避けて歩いてゆく。見て見ないフリをして、そのくせしっかり観察している者もいる。

午後の青山通りを、テツは独り言をつぶやきながら、狂ったように歩いていたのだ。

（あの、最近増えてきた、気味の悪い『独り言人間』に、こともあろうに、オレ自身がなっていたなんて……）

ショックであった。そのショックに茫然《ぼうぜん》としながらも、しかし、テツはすでに知っていた。テツの中に、明らかに別人格の何者かが、確かに存在していることを。

（もし、いま、オレがオレ自身を外から見ることができたなら、オレは、この別人格の顔を見ることができるはずだ）

《残念だが、ワシが何者かを理解するには、もう少し時間が必要であろう》

（なぜだ？）

《それは、おぬし自身の認識力の問題である。ものごとには、段階がある》
（段階だと？　……そうか、これで解ったぞ。おまえがオレの『異変』の原因だったんだな？）
《いかにも。おぬしは、めでたく第一段階を修了したというわけだ》
（第一段階？　この怪物ランドの幻覚のおかげで、人がどのくらい迷惑をこうむってるか……）
《幻覚ではない。認識力である》
（何をアホなこと）
《アホなことではない。おぬしは、この世の実相を見ておるのだ。ただし、このワシがおぬしの心に入っておるときだけは、な》
（出ていけ！　オレの中から、いますぐに出ていけ！　そして、永遠に戻ってくるな！）
《ま、そう邪険にせんでもよかろう。ワシの訓練もようやく免許皆伝《かいでん》。おぬしの機能回復、そう、リハビリテーションも同時に完了したという、めでたいときなの

だから》
（なにが、めでたいもんか）
《ありがたいこと、でもある。めったにあることではないからのう》
（めったやたらにあってたまるか！）
《落ち着け！》
——ビシッ！
と、全身に軽い衝撃が走った。頭のテッペンから足の先まで、電流が一瞬のうちに駈け抜けたようでもあった。
このところテツの心を悩ましていたモヤモヤが抜け、妙にすがすがしい気分でもあった。そういえば、ちょっと前までの死にたくなるような吐き気はミジンもない。
スッキリ！　している。
《さあ、背すじを伸ばして、そう、そのまま歩き続けるのだ。なるべく人通りの少ない道がよかろう。おぬしのためにも、な》
テツは抗《あらが》うのをあきらめ、別人格野郎の言葉に従うことにした。なにせ、体の機能の全権を奪われ、司令部までハイジャックされてしまった以上、当分は言うことをきくしかない。

（いや、ハイジャックでは言葉としておかしい。ジャックされたのは、オレ自身だ。オレの心だ。ということは、ハート・ジャックだ。いや、オレの心を人質にとったボディ・ジャックか……？）

青山通りから、絵画館へ向かった。有名な銀杏《いちょう》並木。舗道に落ちた黄色い枯れ葉が、まだそんなに多く散っているわけではないが、木枯らしにロンドを舞っていた。

陽暮れには、まだまだ時間がある。平日のこんな時間に歩いているのは、学生のアベックか老人くらいだ。

（オレを、いったいどうするつもりだ）

テツは、開き直っていた。

《そう素直にしてくれれば、話が早い。結論から申せば、ワシはおぬしの体が所《しょ》望《もう》じゃ。いや、ほんの一時的に拝借《はいしゃく》したいのだ。目的の用件さえすめば、すぐにでもおぬしを解放しよう》

〈目的の用件とは、何だ?〉
《それは、いずれ解る。その目的を達するためには、どうしてもおぬしが必要なのだ。おぬしの生きている体が必要なのだ》
〈解らんね。それは、どうしてもオレではなければいけないのか? ほかの誰かでもいいのか?〉
《むずかしい質問だ。ある条件さえ満たしておれば、誰でもかまわぬ、ともいえよう。しかし、いかんせん、さような男をこれから、ほかに捜すとなれば……ワシにとっては至難のワザだともいえる……》
〈とにかく、ほかの者でもいいんだな?〉
《あ、いや、ワシには、じつは、もう時間がないのだ》
〈さっきの、ある条件とは、どんなことだ?〉
《第一に、魂のキャパシティ。ワシを入れるだけの大きさがなければならぬ》
〈体の大きさか?〉
《いや、体ではない。肉体的なものではない。もっと根源的な、そう、人間の器

のようなもの、と申せば解ってもらえようか……》
(オレは、そんな大きな器をしているのか？)
テツは、多少、気分を直していた。キャッシュなものだ。
(ほかに、条件は？)
《あとは、言えぬ。申しても、いまのおぬしには解らぬ》
(チェッ、もったいつけやがって……。ところで、おまえさん、いったい誰なんだ？　名前ぐらい、あるんだろ？)
《名は、いちおうは、ある。だが、いまは明かせぬ》
(オレには認識力がないからか？)
《いや、おぬしがその名を意識すると、ちとまずい。目的の者に、先に察知されてしまうやも知れぬ》
こいつの目的は、誰か人捜し、ということらしいと、テツも感づいていた。
(その相手の名前も、いまは言えねえんだろ？)
《いかにも。おぬし、なかなか察しがよいな》

(てやんでエ！　冗談ポイだぜ！　……ところで、あんたは幽霊さんかい？)
《俗な言葉では、そう呼ばれてもいたしかたない状態ではある》
(てェことは、オレは幽霊にとり憑《つ》かれてしまった、ってわけだ)
《まあ、簡単に申せばそうとも言えるが、この場合は、いささか特殊な例ではある》
(そのもって回った言い方、なんとかなんねえか？　もっとシンプルに言えよ！)
《あいわかった。おぬしが最近目にするようになった現象の数かず……おぬしは『異変』と呼んでおるが、あれが俗に申す憑依《ひょうい》という現象だ》
(あの二重映しに見える別人格は、みんな幽霊なんだな)
《いかにも……》
(ということは、ホントに、ホントに……。いや、人間は死んだら、みんな幽霊になるってわけだな？)
《いや。みんな、ではない。成仏して天上界へ還り、地上には現われぬ者が多い》
(ちょっと待てよ。えーッと、死んだらみんな仏さまになるって、こりゃ日本の常識だよな。仏さまになるってことは、エート、つまり天国へ行けるってことだろ？)

《いかにも。しかし……》
（そう。待て。言うなよ。オレが見てきた気色の悪い青白い連中は、天国へは行ってねえ。ここまでは、いいか？）
《うむ。あらかた……》
（てーと、死んだらみんな仏さま、ってのは、あれはウソッパチかい？）
《うむ。そうらしい。誰もが無条件で天上界へ、天国へ還れるわけではない、らしい。じつはワシも長いあいだ地獄におったのでな、それだけは断言できるというわけだ》
（おいおい、あんた地獄霊かい。まいったな、もう……）
《あいや、安心せい。ワシはほどなく天上界へ戻る手はずになっておる》
（なんだい、そりゃ？）
《詳しくは、いまは申せぬ。とにかく人間は、すべて天上界へ還る資質は持っておる。持ってはおるのだが、地上での生き方いかんによっては、地獄へ堕《お》ちる》
（地獄って、ホントにあったのか……！）

《いかにも。それだけは確かである！》

（よせやい！　そんなことだけ保証されたって、ゾッとすらあ……）

実際、テツは背すじがちょっと寒くなったような気がした。周りを見わたして、ブルッと犬のように身震いをした。

ミーティング

結局、青山から外苑《がいえん》を抜け、大きな通りは避けて裏道から裏道へ。ボソボソとあぶない「独り言人間」になりきって、テツは中野のマンション、つまり自宅まで歩いてしまった。

妻のレーコは、夫の真っ昼間の帰宅にびっくり仰天。それはそうだろう。宵の口に帰ることも、テツの場合は三年に一度あるかないかのことであったから。

「あなた、どこか悪いの？　おナカ？　それとも風邪？」

「ちょっとシャワー浴びるよ」

「シャワーだなんて、体にいいの？」

「体はどこも悪くないさ。じつは社からずっと歩きっぱなしでね」

「まあ、会社から歩いてらしたの？　ね、会社で何があったの？」

「何もないよ。ここんとこ忙しかったからさ、ちょっと骨休めさ」

どうにも納得しない妻を振り切って、テツはバスルームへ逃げ込んだ。

（レーコにほんとうのことを話したところで、オレが壊れちまったと心配するのがセキのヤマだろう）

《いかにも》

（おいおい、シャワー浴びるときくらい、おとなしくしててくれよ。恥ずかしがるガラでもねえけど、女房に聞かれたら大変だぜ）

《いかにも。いや、失敬》

湯を浴びると、ここ一週間の緊張がサーッと溶けてゆくようで、久々の解放感であった。

スウェットのラフな服に着替え、テツは自室にこもることにした。レーコには、

「ちょっと横になるから」

と、暗にそっとしておいてくれるよう言葉をかけた。

テツは、この機会に別人格の話をすべて訊き出し、きょう限りでサッパリしたいと思っていたのだ。

こんな変な問題で、いつまでもわずらわされるのはまっぴらだった。
しかし、話を聴けば聴くほど深みにはまってしまうのではないか、という恐れとも予感ともつかぬ気持ちが心の底にあったことも否定できない。
（ともかく、納得できるまで話を訊くしかないな）
《いかにも》
（よし、ちょっと整理してから前にすすもうぜ）
《なんなりと》
（さっき、おまえさん、オレのリハビリがどうのと言ってたな？　ありゃ、どういうことだい？）
《それはだな、ひとくちに申せば、おぬしがちと特殊な状態にあった、ということじゃ》
（特殊？　オレが？）
《うむ。ちと長くなるかもしれぬが、説明いたそう。ひとくちに憑依現象と申しても、相手かまわず憑依できるわけではない。……人間に個性がある以上、地獄に

堕ちた霊も、地上に迷っておる霊も、それぞれに個性はある。いわば人間のなれの果てじゃからのう》

（うれしいねえ。それじゃ、オレは死んでもオレのまま生きられる……？　要するに、オレという個性を持ったヤツは、死んでもそのまま残るってこと。そうだね？）

《いかにも。ワシがワシであるように、おぬしはおぬしのまま、あの世で生きるわけよ》

（じゃ、おまえさんも、おとなしく『あの世』とやらで生きてりゃいい。なんでオレさまに入ってきちゃうわけ？）

《そこよ》

（どこよ）

《つまりじゃ。体質と申すか、魂の質と申すか……まあ、入りやすかったとでも申すか……》

（空き巣狙《ねら》いみたいなやつだね）

《ま、そう思われてもいたしかたないが》

（でも、バレちまったんだから、もうおしまいにしようぜ）
《いや。せっかくここまできたのじゃ》
（どこまでよ）
《……そう簡単にはまいらぬ。ここからが本番じゃ》
（おいおい。本番って何さ。オレには、まったく関係ない話だろ？）
《それが、まったく関係がない、とも言い切れぬのじゃ……》
（ん？　オレとおまえさんに何か？　血縁関係でもあるってか？）
《む。いや、それほどの……ムニャムニャ》
（はっきりせいよ）
《縁《えにし》は血縁だけではない。そして、人は転生《てんしょう》をくり返しておる。その、生まれ変わりも、じつは縁を基本としておる、らしい》
（ん？　生まれ変わり……か？）
《と、とにかくじゃ。そんなわけで》
（ん？）

《もうちくと、協力を願いたいのじゃ》
（協力？　そうか、協力ときたか）
《そうよ。解ってもらえたかのう？》
（わっかるわきゃねえだろ！　しかし、まあ、なんだ……協力ったって、いろいろあらあな）
《じつは、ワシはある人間を捜しておる。人間、と申してもワシと同じ時代に死んでおるので、霊と申すべきかもしれんが……要するに、けっこうアクの強い個性を持った一人の幽霊だと思ってもらえばよい》
（幽霊捜しか……。雲をつかむような話だぜ）
《百年近く地獄の闇《やみ》の中を捜してまいったのだが、とんと行方は解らずじまい》
（相手が逃げ回ってるんじゃないの？）
《そうかもしれぬ。あと考えられるのはこの世、つまり地上の世界。人間たちに憑依しては、ここ何十年かを生き延びておるに相違ない》
（でも、やっこさん、こんどは地獄へ舞い戻っちまうかも）

《ま、この世でしっぽをつかめれば、あとは大丈夫でござる。地獄にはすでに網を張ってあるのでな》
（ヘエー、そんなもんかね）
《つまり、ワシの捜し求める男が、いま現在どんな人間にとり憑いておるのか、ワシには解らぬ。ゆえに、おぬしが必要となったわけじゃ》
（ご勝手なことで）
《ところが、おぬしときたら、すぐには役に立たん。長いあいだ、おぬしの心と感情は、特殊な状態に陥っておった》
（余計なお世話さ）
《挫折、と申すのであろうか。自暴自棄の世捨て人、そのような精神状態を引きずっておった。……
自分を必要以上に小さくとらえることによって、現実の雨風をしのぐ。卑屈、でもあり、他者への極度の無関心という殻をかぶってもいた。それらの精神的自己防衛の殻を、ワシとしては一日も早う脱がせたかったのじゃ。そして、本来の豊かな

感情による人間生活をまっとうしてほしかったのじゃ》
(泣かせるじゃねえか)
《それは、ワシのためでもあった。おぬしのいう市民社会へ同化するためのリハビリテーションを、ワシはちくと手伝わせてもろうた。それだけのことよ》
(そして、オレのリハビリは終わったというのだな?)
《いかにも。人間の感情を支配するいちばんやっかいな因子が、どうやら嫉妬というものらしい。この感情要素は、どのように偉い坊さんであろうとも、最後まで残る修行のトゲのようなものであるという。この嫉妬という感情を克服せんかぎり、悟りもまた得られぬらしいのじゃ》
(おいおい、それじゃオレの中で静かにしていた嫉妬っていうやっかいなものをだな、わざわざ叩き起こすことはなかったんじゃねえのか? そのほうが、オレは悟れたかもしれねえじゃねえか)
《おぬしの場合、ちくと違うのう。ふつうの人間以下であっただけじゃ。本来の自分のすべてをさらけ出すことへの恐怖だ。逆に、怒りの感情のみは突出しておっ

た。これは、あぶない》
（怒りってのは、そんなにあぶないものなのかい？）
《怒りにも、さまざまある。自分のことしか考えておらぬ怒り、自分より弱き者、小さきものに対する怒りは、悪想念でしかない。
しかし、自分より強い者、大きなものに対する真心からの怒り、世のため人のためを考えての怒りは、公憤とか義憤とか呼ばれることもある。それは正しき怒りであり、世直し、つまり革命や改革の原動力ともなり得る》
（そういえば、オレが政治的な活動に目を向けはじめたモトは、そんな怒りだったような気がするな。世の中のみんなが幸せになれない社会に対する……義憤だっけ？）
《うむ。じつは、かく申すワシもかつては義憤より発し、藩政を改革し……》
（あんた、サムライだったのかい？）
《いや、ワシのことはどうでもええきに……とにかく、おぬしのリハビリはすんだ。そして、ワシの訓練も……すなわちおぬしの心と体を制御する術も修得することができたわけで……》

（おいおい、オレはあんたのあやつり人形じゃねえんだぜ。勝手に制御だとか修得だとか、しねえでほしいね。オレはこうやって、ちゃんと自分の意志でしか動かねえんだからな）

テツはブラブラと二、三歩あるき、小型冷蔵庫から缶ビールをとり出した。

窓には、珍しいほど赤く染まった夕陽が、まさに沈もうとしていた。バリの雨季あけのサンセットのようだな、とテツは思った。

自分の人生が、いま再び、新しく生まれ変わろうとしているような、不思議な感慨がテツの胸を満たしていた。

（なんだかよく解んねえけど、オレの長年の疑問も殻も、いっしょに溶けようとしてるみたいだぜ。……さあ、オレの心に居座ってる幽霊さんよ、乾盃といこうか）

《おぬし、さっきまであれほど苦しんでおったくせに、もう呑む気か。それに、肝の臓もだいぶ弱ってきておるが》

（おいおい、そんなことまで解っちまうのかい？）

と言いつつ、テツはおかまいなしにビールを呑みはじめている。

《おぬしの体は、すべて点検済みである。いざというとき役立たずでは、ワシも困るからのう》
（おいおい、あんたがどんなつもりか知らねえが、オレはもうマッピラだぜ。気のすむだけ喋《しゃべ》ったら、出てってくれよ）
《そうはまいらぬ。さきほども申した通り、おぬしの仕事はこれからじゃ》
（いったいオレに、どうしろってのよ）
《どうせ酒を呑むなら、こんな狭い部屋ではなく、もっと粋《いき》で派手で物騒なところで呑んでもらいたいものだのう》
（狭い部屋でわるかったな。ところで、なんだ？　粋で派手で物騒なところ？）
《申しわけない。ワシの捜しものはちと物騒なヤツでのう。いまだに暴力の波動が好きらしいのじゃ》
（そうか、読めてきたぜ）
「異変」のキッカケとなったあの出来事を、テツは思い浮かべていた。
《うむ。その通りじゃ。ワシの捜しておる者は、あんときのアヤツよ》

薄暗いバーのカウンター。テツの怒りの波動に呼応して、間髪を入れずに襲ってきた男。同時に二メートルも飛びすさり、剣を青眼に構えていた不気味な浪士風の男。

（あのとき、ヤツがあわてて逃げたのは、おまえさんがいたからだな。オレのそばに……ん？　オレの中に？）

《面目ない。おぬしがあぶないと思うた瞬間、おぬしの中に入っておった。失敗であった。かえすがえすも残念なことをいたした。ワシの未熟のゆえじゃ……》

（あれから、もう二十年も経ってるはずだけどね）

《ずっと捜し続けておる。同時に、おぬしというむずかしい人間を研究し、おぬしを制御する術を学び、しかも天上界の勉強もせねばならなかった》

（気の長い話だね）

《こっちの世界では、ほんの一瞬のことじゃ。とくに地獄周辺におると、時の経つのは速いもの》

（それにしたって……まあ、いいか。それじゃ、あのスッポン野郎を捜し出せば、それでいいんだな？）

《いや、あの男には用はない》
（……ん？　……）
《もはやスッポンと申す男の心には、ヤツはおらんのよ》
（じゃ、いったい誰を捜せばいいのさ？）
《うむ。そこが問題なのじゃ》
（おいおい……）
《いまは、どこの誰に憑依しておるのか、ワシには解らん。また、解っておったところで、さしたる意味はない。よいか。霊というものは、瞬時に人の心に入り、瞬時に出てゆくことができるのじゃ。いまここにおって、一瞬あとには千里の彼方に飛んでおる、ということも可能なのだ》
（それじゃ、ヤツが憑依してる人間をとっつかまえても、オレん中におまえさんがいるってことがバレたら、またアッというまに逃げられちまう、ってことかい？）
《いかにも》
（いかにもじゃねえよ。それじゃ、いつまで経っても鬼ごっこは終わらねえって

ことだろ?〉

《ゆえに、ワシも修行を積んだのじゃ。おぬしの中にワシがおることを、相手には決して悟られぬ術をな。また、悟られても、相手を逃さぬ法をな》

〈そいつを早く言っておくれよ〉

鬼ごっこ

こうして、テツの夜ごとの盛り場歩きがはじまった。といっても、事情を知らない連中からみれば、もちろん誰も事情など知るわけもないのだが、テツの生活はまるで何も変わっていないように見えていたことだろう。

ただ、行きつけの店には顔を出さなくなったので、新しいプレイスポットを単独で開拓しているように傍目《はため》には見えたかもしれない。

テツの精神状態は、次第に回復しつつあった。怪物ランドも、その正体が解ってくれば、恐ろしいばかりではない。ときには、愛敬のある悪霊さんと出くわしたりもするからだ。

テツからは相手の正体が見えているが、相手には現実のテツしか見えていない場合が多い。そして、これはテツの中にいる別人格のおかげだとは思うが、テツには相手の腹の底がそれとなく見えるのだ。

初対面の人間と話すのがむずかしいのは、相手がいったいどういう人間で、何を考えているのかが解らないからにすぎない。

こんな当たり前のことを、テツはこの体験によって再認識した。

どちらかといえば、テツは人見知りするほうだ。喋りも、あまりうまくない。それは、相手の心をおもんばかるのが、面倒くさかったのだ。言い替えれば、他人への関心が、人よりちょっと希薄なのかもしれなかった。

ということは、テツの中の人への愛情がそれだけ希薄であり、人間本来の感情の量がちょっと少なめだったということなのだが、この点も次第に解消されつつあったのだろう。

何者かに憑依されている人間と話す場合、テツには相手の心の動きが見えるような気がした。厳密には本人だけの心ではないが、なんとなく伝わってくるのだ。

要するに類は友を呼ぶという法則で、その本人と別人格とはほとんど個性というか感情が同じになっているわけで、つまり、感情の量がダブって増幅されているので、解りやすいのかもしれなかった。

そして、彼らがテツに近づく場合、必ず、何か欲しているものがあるのだ。何も欲していないとき、彼らはテツに近づくこともないし、また、もともと彼ら自身の中に別人格を引き入れる理由も必要もないのだ。

つまり、彼ら——一人に見えても二人の彼らは、必ず何かを欲しているということになる。その何かが女だったり金だったり、という場合は、なぜかテツには寄りつかない。それが、慰めであったり、ほめ言葉であったり、酒の相手であったり、共感してくれる相手であったり……テツにすり寄ってくるのは、そんな霊（例）がほとんどであった。

そのほとんどの例において、テツの別人格は、テツの表面意識には登場してこない。といっても、テツの中に彼がいることは確かだった。なぜなら、テツの目には、現実とともに、本来見えないはずのものがしっかりと見えていたのだから。

「あんさん、お一人かい？」

高級社交クラブと銘打った店のカウンター。ホステスたちの嬌声《きょうせい》を背中で聞きながら、

（この店にも、物騒なヤツはいそうもないな）

と思っていたところへ、恰幅《かっぷく》のいい紳士が現われた。テツの隣りのスツールへ、無造作に腰をおろす。

頷くテツに、豪快そうに一人で勝手に頷き返している。テツは、その男と一体化している別人格を見て、すぐにも席を立とうと思ったが、なんとなく立ちそびれた。テツの中の別人格が、《まだまだ》というシグナルを発しているのかもしれなかった。

「いつものやつ」

男はおしぼりを使いながらバーテンダーに声をかけ、テツをチラと見た。

「たまにはゆったり一人でやるのもいい。な、あんさん」

「はあ、……そうですね」

思わずテツは吹き出しそうになっていた。恰幅のいい赤ら顔のカゲで、やせて淋しそうな別人格が、テツに向かって愛想笑いを浮かべていたからだ。

孤独な男であった。淋しがり屋の男であった。なぜか、仲間のできにくい性格でもあった。仕事ができない、というわけでもなさそうだった。ただ、ひがみっぽいのかもしれない。いつも威張っていたいのだ。その性格があまりにも強いために、部下には恵まれない。そんなタイプだ。

仕事は……不動産か何かの仲介だ……とテツは思った。それも、個人相手の小さなビジネスではない。一件一件が、意外と大きい。企業が相手だから、その分仕事中はペコペコしていなければならない。

その反動で、自分の事務所へ帰るとふんぞり返っている。かつては相当手をひろげたこともあるようだが、いまは女のコばかり三、四人しか部下はいない。所詮は、お山の大将タイプか……。

「あんさん、この店ではあんまり見かけまへんな」

「はあ、きょうが初めてなもんで」

「ほう、どなたの紹介で?」

「いや、ただブラリと……」

「へエ……よく入れましたな。この店、いちおう会員制のはずなんやが……」

「そうなんですか、知りませんでした」

「ま、何か言われたら、わしの知り合いやゆうことにしとけばええ。ああ、申し遅れたが、わしはこういう者《もん》じゃ」

男の名刺を受けとり、テツは、一瞬どうしようかと迷ったが、あわてたフリをして名刺を出した。

「はあ……」

「まあ、ちっぽけな会社よ。あんさんは、コピーライター。広告代理店はんですか」

「社長さん、ですか？」

「いまどき最先端のカタカナ職業やおまへんか」

「たいしたことありません」

「まあ、そんなに謙遜せんと……。そういえば、わいも若いころはようコピー書かされましたわ」

「へエー、社長もどこか代理店にいらしたんですか？」

「いや、まあね。仕事はいろいろとやってきましたがね……」

せいぜい、不動産のチラシのコピーを考えさせられたのだろう。しかし、それが広告の原点といえば原点なのだ。それに、広告のコピーは中学生にも解らなくてはならない。これが基本だった。誰も解らないコピーを書いても、商品は売れないからだ。

逆にいえば、日本語さえ話せれば誰でもコピーライターになることができた。クライアントの担当者も、代理店の営業も、デザイナーも、誰でも多少のコピーは考える。小さな会社では、自社のパンフレットなどはいまだに自分たちで書いている。つまり、世の中の人間の何分の一かは、かつてコピーライターをしたことがあるのだ。

それだけに、コピーライターのプロとなるのはむずかしい。と、テツなどは開き直っていた。カメラマンは、大仰な機材によってプロであることをアピールできる。デザイナーも、専門の道具や技術によってプロフェッショナル性を保証される。しかしコピーライターは、エンピツ一本。頼れるものは何もない。その上で、プロであることを認めさせるのであるから、ある意味ではほんもののプロフェッショナルといえるのではないか……。

そんな、いつもの笑い話をしようかとも思ったが、男は現実の景気のことしか眼中にないらしい。適当に話を合わせていると、背中にチクリ……。痛みというか刺《し》戟《げき》のような何かを、テツは感じた。

背中が、確かに、強い視線のようなものを感じていた。強い、というより熱い感じ……。

テツは席を立ち、トイレを捜すフリをしながら、それとなく視線の主を捜した。

それは、店のボーイのようであった。わりと線の細い黒服の男が、なぜかテツに嫉妬の炎を燃やしているのだ。その黒服が、トイレの方角を手で教えてくれた。用を足し、手を洗いながら、テツはバカバカしくて笑い出していた。

（あの野郎たち、出来てやがる……）

《うむ。しかし、も少しこの店で時間をつぶしてほしいんじゃがのう》

（ええっ、そろそろ店替えたほうがいいんじゃないのか？　オレはいたってノーマルなほうでね……）

その道の男どうしの戦いを、かつてテツは見たことがあった。嫉妬に発した非妥協的な闘争は、決して見物して愉快なものではない。

《いや、せっかくじゃから、しばし我慢じゃ。ほどなく何か起こりそうでもある

しのう》

（おやまあ、おまえさんもモノ好きだね）

《いかにも。同性愛者というのも、さほど奇異なものではない。ワシの時代にも、なかったわけではない……》

若侍どうしの道行き……ふと、そんなイメージが、テツの脳裏をよぎった。

《誤解いたすな。いまの情景はワシ自身のものではないぞ》

若侍の一人が、一刀のもとに斬り伏せられた……これも一瞬浮かんだイメージであった。

（ハイハイ、わかりましたよ）

トイレを出てドアを閉めると、やにわに腕を強く引かれ、テツの体はよろめいた。黒服。もうひとつのドア。倒れ込むように勢いよく二つの体で押す。

そこは寒気。

そして、赤サビの非常階段。

――ヒュー―ッ！

北風がテツの酔いを醒《さ》ましてくれる。その風に乗って、黒服の拳《こぶし》がテツのアゴをとらえる。

――ゴキッ！

という衝撃。

しかし、一瞬遅れてテツの右拳が黒服のみぞおちにめり込む。次いで左の拳で再びボディブロウ。

「ウッ……」

苦しそうに顔をゆがめる黒服の左腕を後ろにねじり上げ、非常階段の手すりに押しつける。

「ウッウッ……」

黒服の吐瀉物《としゃぶつ》を浴びるほど、テツも良心的ではない。右膝で、黒服のケツを蹴り上げる。

（オレって、こんなに強かったっけ？）

《うぬぼれるでない。おぬしの体を使って、ワシがやっておるのだ》

（おいおい、それじゃ最初の一発は何なんだ？　アゴにくらったのは、おまえさんの不覚だね！）

《あれは、おぬしの体をシャキッとさせるための気付け薬じゃ。わざとアゴで受けさせせた。たいした威力でもなかったでな》

（オレのアゴだぜ……）

腕をねじられたままの黒服が、むずかりだした。

「い、いて、痛えよ！」

「手ェ出してきたのは、テメエのほうだろう。いったい何のつもりだ。この店は暴力バーか」

「ち、ちがわい」

「じゃ何だ。理由を言え！」

「そ、そんなこと分かってるくせに。く、くやしいーッ」

テツは、バカバカしくなって、黒服を踊り場へ突き飛ばした。ヘタヘタと座り込み、黒服はミゾオチのあたりをさすっている。

(このまま非常階段、降りようぜ)

すぐ隣りの雑居ビルの猥雑な裏壁から目を転ずると、新宿の夜景が毒々しくひろがっている。しかし、地上まで、このボロ階段を降りるのも、ちょっとおっくうではあった。

《黒服の誤解を解《と》け。そして店に戻れ。おぬしもコートなしで歩くには、ちくと寒かろう》

たしかにあと一分もいたらクシャミが出そうでもあった。テツは黒服に近寄った。

「な、なんでぇ、まだやる気か?」

黒服はドアのほうへあとずさった。

「やる気も何も。こっちには初めからその気はない。ついでに言えば、オレにはあんたらのような趣味も興味もない」

「な、なら、なんで社長を待ってた?」

「オレが? オレは誰も待っちゃいない。オレは一人で呑みにきたフリの客だ。あの男が勝手に隣りに座って話しかけてきただけだ」

「……？」

黒服は、弱い頭をさかんに回転させているようだったが、疑いの目が半信半疑に変わっていた。

「オレに、そんな趣味があると思うかい？」

「……思わねえ。……」

「やけに分かりがいいじゃねえか。こんなオジンが社長の好みであるわけがない。いま、そう思ったろ？」

「い、いや、べつに、そんな……」

黒服は、明らかに動揺した。心を言い当てられたらしい。

「よし。じゃ、誤解は解けたわけだ」

黒服は、頷きながら立ち上がった。

「せっかくの酒が醒めちまったぜ。オイ、ことはおまえの誤解から生じたことだ。それだけの責任はとってもらうぜ」

「ど、どうすりゃ……？」

「そうだな、バーボンのボトル一本、でどうだ？」

「オーケー。上等なの、おごるよ」

スーツのホコリをはたきながら、テツに中に入るよう促《うなが》した。

《おぬし、バランタインが好物ではなかったか？》

（ああ、でもアレを入れるとついつい呑みすぎちまう。バーボンくらいが、こういう仕事のときにゃちょうどいいのさ）

店内に戻ると、社長は落ち着かない風で、テツに横目を走らせた。

「おう、長いトイレだったね」

「いや、ちょっと涼んでたもんで……」

やがてテツの前に、ハーパー十二年の角ばったスリガラスのボトルが置かれた。

「きょうのお勘定、すべて持ちますので、ごゆっくりどうぞ」

黒服が、いつのまにかテツの後ろにいて、こうささやいた。

「ありがとよ」

テツがそう答えると、黒服はサバサバとした顔でニッコリと笑った。よく見ると、わりと整った顔の、やさ男だった。男より、女にもてる顔ではないのか、とテツは思った。

(顔を殴らずに、とっさにボディを攻めたのは、オレの意識のつもりだが……)

《確かに、あの瞬間、おぬしの意志を感じたよ。しかし、素速く筋肉を動かしたのは、ワシの術じゃ》

(はいはい。わかりましたよ)

「なんだい? サエキ君の知り合いかい?」

社長が、猜疑心《さいぎしん》丸出しの顔で、テツと黒服の顔を見比べた。

「社長、この人ね、高校のクラブの大先輩だったの。まったくの偶然で、びっくりしちゃったところ!」

黒服は社長の肩に手を回して、言いわけじみた言葉を並べている。

そのとき、入り口のドアが開いた。

テツは、背すじに冷たい風を感じた。ここは雑居ビルの五階であり、外気に面しているわけではなく、風が入ってくるはずはない。が、テツはゾーッとする風を感じた。風ではなく「気」かもしれなかった。

（これはほんものだ！）

とテツは背中で思った。

コートの男たちが三人、店内をジロリとなめ回す。

この店のママらしき女性が、あわてて立ってゆく。バックスキンの茶のコートを着た先頭の男に、寄りそうように腰から近づく。

店は、あいにく満席だった。男はコートのポケットに両手を突っ込んだまま、連れの二人を促して背を向けた。

（三人目の男……）

ゾクリとするような殺気を、テツは（？）感じていた。男には珍しく、フサフサとした毛皮のコートを着こんでいた。しかし、その毛皮の下の体つきは、じつに引き締まった筋骨を感じさせた……。

《あの男たちを追え！》

（そ、そんな、急に言われたって……）

テツは、あわてて席を立った。

「わるいな。用事を思い出したんで。ボトル、とっといてくれよな」

エッという顔の黒服と、ポカンと口をあけたままの社長をカウンターに残して、テツは出口、つまり入り口に急いだ。

レジ横のマネージャーが、あわててテツのコートを捜す。

《大丈夫や。あわてな》

(あわててるのは、オレじゃねえ)

コートを受け取ると、店を飛び出した。黒服が、マネージャーに何か言っている。あとはうまくやってくれるだろう。

《右じゃ!》

ビルを出ると、テツは三人のあとを追って小走りに歩いた。幸いなことに、クルマは使わずに、近所の店に入るらしい。

(何だい、あの殺気は?)

《おまんも、あの殺気が解るようになったか》

（何言ってやがる。おまえさんがオレにインプットしてやがんだろ）

《いや、まあ、この際どうでも……》

男たちは、五、六軒隣りのビルに吸い込まれた。

もちろんテツも、あとを追う。

《待て！》

テツは、そのビルの入り口で停まった。

男たちは、エレベーターに乗り込んだらしい。テツの脳裏に、男たちがエレベーターの中にいるのが、見える。

男たちが、エレベーターを降りた。

カーペットの上を歩く。

いちばん端の店のドアを開く。

さっきテツ（たち）がいた店より、はるかに小さい。

客は、二、三組。ホステス……五、六人。

が、ゆっくり一回見わたしただけで、すぐに男たちは店を出てくる。

《隠れよ！》

（おいおい、どうなってるんだ！）

《ヤツらに顔を見られちゃいかん！》

テツは、入り口のビル看板のカゲに隠れた。

三人の男たちが出てくる。

あとを、そっと追う。

（おい、いまのは何だ。オレは、ビルの外にいたのに、ヤツらの行動が見えていたぞ……）

ほんとうは仰天するほど驚いていいはずのことを経験したのだが、追跡という仕事中でもあり、相手が底の知れない別人格を持つ男たちであるために、驚いているヒマはない。しかし、なんとも不可解な気分……。

《霊は、瞬間移動できる。それは前にも申したことがあるな》

（はいな）

《その応用じゃて。あのビルん中と、おぬしん中と、何回か瞬間移動をくり返し

ただけのこと》
(そいつは、すげえや。そんなことができるんなら、何もあわててあとを追う必要もないんじゃねえか?)
《そうはまいらぬ。ヤツらも霊的には敏感じゃ。あんまりヤツらの周りをウロチョロすると見破られる。お、カドを曲がりおったぞ。急げ》
(チェッ、オレはあんたの何なのさ)
《ま、そうボヤきな》
小走りにカドを曲がると、すでに男たちの姿はなかった。
次の瞬間、ものすごい波動がテツの脳天を打ち砕いた。テツは頭を抱え、グラリと揺れ、ビルの壁にもたれた。一瞬、意識を失《な》くした……テツはあのときのことを思い出しそうになった。
(あのとき……? あのときオレは……)
朦朧《もうろう》とした意識の中で、サーチライトに浮かぶ修羅場と、派手な酒場のカーペットとが交錯する。

鈍く光るヘルメットの海にゲバ棒が林立する。真冬の深夜。T大キャンパスが戦場と化していた……。

(いや、ここは新宿だ……)

テツの意識は、ムリヤリ現実に引き戻された。チラチラと現場の映像が見える……。さして広くもないバーの店内。三人の男たちが、大暴れをしている。

とくに、あの毛皮の男の動きがすさまじい。青白い光を放つ長い棒……そう、あれは刀だ。とにかく長い日本刀だ。飛びかかる男たちを、バッタバッタとなぎ倒してゆく。

一刀両断。こっぱみじん……。

いや、実際は、誰も日本刀など振り回してはいない。壮絶な、肉弾戦だ。

襲われた側は……五人か。

ホステスやボーイたちは、悲鳴とともにカウンター側に飛びのいたきり、絶句している。

襲われた側の一人が、ベルトのあたりから、鈍く光るものをとり出した。と思うまもなく、毛皮の男が手刀を叩き込み、その光る……短銃らしきものは空中に舞う。

ヤクザどうしの、非妥協的な抗争か……。

うめき声と怒号と悲鳴が渾然《こんぜん》一体となり、狭い店に充満する。

そして、もはや二度と使いものにはならないであろう虫の息の体が、五体。同じく使いものになるはずもないテーブルや壁の残骸が、あたり一面に散らばっている。

（あ、あいつ、あの長えものを振り回してたヤツ、いったい何者なんだ?）

《佐々木小次郎》

（え、あ、あの宮本武蔵と巌流島《がんりゅうじま》で決闘したヤツか?）

《いかん！　その思念、すぐに消し！》

毛皮の男が、店を出しなに、ギロリとテツを睨んだ。

（え、な、なんだ?）

《立て！　テツ、立って走りィ！》

テツは脱兎《だっと》のごとく駈け出した。

（なんでまた、オレは新宿の裏街を、亡霊たちと鬼ごっこ、しなきゃなんねえの?）

ゼイゼイ言いながら、テツはいくつかのカドを曲がり、いくつかの路地で転びそうになった。途中、何人かの酔客とぶち当たり、何個かの看板をぶっ飛ばした。
《ぼちぼち、よろし……。テツ、もうよいぞ、走らんでも》
文句を言う気分も体力も消え失せ、テツはヘナヘナとその場にしゃがみ込んだ。
（おい、逃げ回るなんて、そんな行動予定、打合せには、なかったゼイゼイ）
《すまん。ワシも、ちくとあわてた。おまんがムサシの名ァを思い浮かべたとき、ヤツの意識がバチッとこっちを振り向いたきに》
（それが、どうしたのよ）
《いや、そう言われりゃ面目ない。けんど、あやつ地獄でも名物男じゃきに。地獄中を、血相変えて走り回っておるのだ。げに、この世へも捜しに来ちょると聞いてはおったが……》
（その、ムサ、いや、ムーさんを追ってかい？）
《いかにも。少しでもム……ムーさんに味方しようもんなら、いや、さような意識を見せようもんなら、問答無用。あの物干し竿で一刀両断じゃ。それだけのため

に、あやつは四百年ものあいだ、ただ駈けずり回っておるのじゃ》
（驚いた執念深さだね。まるで鬼だね。そういえば、ホンマモンの地獄の鬼か……。やだねェー、これがほんとの鬼ごっこだぜ）
《いや、あの執念、鬼以上かもしれんで》
（追っかけられてるムーさんは、いったいどこにいるんだい？）
《うむ。とうに天上界の偉いとこへ還っちょる、らしい》
（なるほどね。それじゃいくら捜しても見つからねえわけだ。ところで、さっきのヤツらだけど、あとの二人もおっそろしく強かった。あんた知ってるヤツかい？）
《いや。一人はどうやら最近の軍人のような……》
（そうそう、カーキ色の軍服を着てたように見えたね。するってぇと、帝国陸軍かね）
《いかにも、そのようじゃのう……》
（もう一人は？　袴《はかま》をはいてたように、オレには見えたぜ）
《うむ。定かではないが、阿修羅の世界でよう見かけた男じゃ。地獄の噂《うわさ》では、

京都なんとか……そうじゃ見廻り組とか言われておったが……》
(見廻り組って、あの、坂本龍馬を暗殺した見廻り組かい?)
《なに? ……龍馬は見廻り組に殺された、と申すか》
(いや、オレはべつに詳しくは知らんけど、ある歴史書にはそんなふうに書いてあったような気がするぜ)
別人格の意識あるいは感情が、一瞬熱くなり、すぐに元に戻った……とテツは感じた。
(この人は、龍馬を知っている……)
《余計な詮索《せんさく》はせんでもよい。……けんど、……そうやったかえ……》
(やだなあ、おまえさんにも知らねえことがあるのかい?)
《うむ。新選組やったら、知っちょるけんど……》
(新選組ってのは、ほんとに赤穂浪士《あこう》のようなカッコしてたのかい?)
《赤穂浪士……というのは、火消し装束と聞いておるが……》
(あの、羽織の袖にギザギザ模様でさ……)

《うむ。浅黄地の袖にだんだらを染め抜いた羽織を着ておった。しかし、京都見廻り組というのは……たぶん、ワシが獄に入《い》ってから組織されたもんじゃろうか……》
（なんなら、歴史の本で調べてみようか？）
《うむ。おう、そうか。いや。そうしてもらえると、ありがたいが……》
（ところで、あんたの興味は誰だい？　見廻り組かい？　それとも新選組かい？
坂本龍馬、桂小五郎、高杉晋作、西郷隆盛……？）
《西郷南洲《なんしゅう》先生には、まっことようしてもろうたが……》
（あんた薩摩《さつま》の人かい？）
《いや。これは、あの世でのことでな……ハハハ》
（あんた、オレと会って、いやオレん中に入ってきて初めて笑ったね）
《そうであったかのう……》
別人格が笑うと、まるで春風が心の中を吹きわたるように、おだやかな気持ちが伝わってきた。
（へえー、笑いって、こんなに効果があるのか。ところで、誰を調べればいいんだっけ?)
《うむ。……おまん、土佐勤王党を知っておろうか》
(土佐勤王党っていやぁ、武市半平太《たけちはんぺいた》がつくった維新の志士たちの組織だろ?)
《ほにほに、いかにも》
(あんた、その勤王党のメンバーかい?)
《あいや、とにかく、とっくと調べていただけるかの》
(はいよ。幕末から維新へかけての土佐藩の動きを調べりゃいいんでしょ?)
《うむ、おまん……》
(まあ、いいってことよ。オレもそこらへんの歴史は大好きでね。一度じっくり勉強したいと思っていたのさ。それに、こんなあぶなっかしい鬼ごっこより、そっちのほうがよっぽど性に合ってるしね)
《うむ。かたじけない……》

無明《むみょう》の闇《やみ》（一九六九）

その夜、古い迷路のようなキャンパスは……いや、迷路のように複雑なはずはないのだが、テツのような他大学から派遣された学生にとっては、陽が落ちて闇に沈んだ校舎群は西も東も見定めにくく……異様な雰囲気に包まれていたのだ。

そのとき、テツは二十歳だった。恐れを知らぬ（?）アングリー・ヤングメンだった。ゲバルト隊長のアラガキが、声を殺しつつ、いつもより遥かに悲壮な表情でアジっていた。

演壇付近の蛍光灯だけが点けられ、あとは廊下の灯りが全体をうっすらと浮かび上がらせるだけ。机を片づけられた大教室の床に、テツたちゲバルト部隊は座り込んでいた。私語する者はいない。その数、約五百。皆おし黙ったまま、ヘルメットとタオルのマスクのあいだから、ギラギラと目だけを光らせる。

寒さは、不思議と感じなかった。厳寒の一月。暖房のない床は、直接腰を降ろすにはずいぶん冷たいはずだった。が、そのときの感覚を、テツは憶《おぼ》えていない。軍手をはめた手で握るゲバ棒が、やけに頼りない気がして、何度も握ったりゆるめたり、自分の握力だけを試していた、ような気がする。

ハンドマイクを使わないアラガキのアジテーションは、ひとつの儀式と化していた。

「意義ナシ」

「ナンセンス」

こちらも声を殺した相槌《あいづち》と、アジのリズム感と抑揚が、五百人の人間の意思を、ひとつの結晶体へ凝固させようと、次第にテンポを上げてゆく。この期《ご》に及んでは、戦略も戦術もない。やるだけだ。突っ込むだけだ。要は、そのための「決意」だけが、この集会の目的だった。

そして、無言のままに隊列が組み直され、廊下へと出てゆく。そのとき、テツの袖を後ろから引っ張る男がいた。振り向くと、愛敬のある大きな目が、この場の雰囲気にそぐわぬ懐かしげな表情でテツに笑いかけていた。

「テッちゃんだろ?」

ささやくように、その学生は言った。

頷くテツに、その学生はタオルをずり下げて顔を見せた。しかし、テツにはまったく見覚えがない。

「ヨシオカだよ。憶えてない？　小学校のときいっしょだった」

「ああ。お互いがんばろうぜ」

「おう」

小声で言葉を交わしながら、じつは、テツはその学生を思い出せないでいた。

（ヨシオカ？　何年のときいっしょだったヤツだろ？　……）

ゲバルト戦は、テツたち学生セクトの完全な敗北に終わった。この作戦は「十一号棟奪取作戦」とでもいうべき攻略戦だったが、言ってみれば門前払いをくわされたようなものだった。

日本の前衛党、その精鋭ゲバルト部隊が立てこもる校舎に突撃し、その校舎から前衛党を追い出そうと企てられた作戦だったようだが、（本気でその校舎を奪おうとしたのか、テツには理解できなかった）鬨《とき》の声を上げて突撃をはじめたとたん、敵の巨大なサーチライトに照らし出され、屋上から雨あられと巨石やブロックが投げ落とされたのだ。

（こりゃ楠木正成《くすのきまさしげ》の赤坂城か、大坂冬の陣の真田丸を攻めるようなもんだな）

テツの頭上を襲ったのは、直径二十五センチほどの石塊《せっかい》だった。まさに直撃であった。何トンかのドーンという衝撃。気がついたとき、テツは行き交うサーチライトの光のまたたきの中で、ゲバ棒を杖にして、その杖にしがみつくように、かろうじて立っていた。

生あたたかいものが、額から鼻梁《びりょう》にかけてヌルヌルッと降りてきた。軍手でさわると、血であることが解った。ヘルメットは、かろうじて頭についてはいたが、見事に真ん中から二つに割れていた。しかも、新選組のダンダラ模様のようなギザギザを描《えが》きながら。

「テッちゃん、こっちだ」

いつのまにか、一人の学生の肩を借りながら、テツは後退していた。その学生が、突撃前にヨシオカと名乗った学生であることは、薄暗い廊下を歩きながら、なんとか思い出していた。

ヨシオカは、テツを青医連の救対室まで運ぶと、風のように去った。

目が醒めたとき、テツは教室の床に寝かされていた。しかし、なにげなく目をあけて天井を見て、テツは愕然とした。天井の蛍光灯がブレている。

二重映し。まばたきを繰り返す。しかし……。

（しまった。視神経をやられてしまったかもしれない……）

頭から首にかけて、ズーンと重い感覚。不思議と、痛みは感じない。

ヘルメットをかぶって白衣を着た、学生かインターンの手当てを、テツは椅子に座ったまま受けたことを思い出した。

「ちょっと痛いよ」

といいながら、白衣の青年は針と糸をあまり器用とは言えない手つきで、グイグイとあやつっていた。あのときも、さして痛みは感じなかったな、とテツは思った。

しかし、再び目をあけることは、できなかった。ただ、ひたすら心の中で祈った。

（もし、もしも視神経がいかれてしまったら、オレはこれから、いったい……）

次に気づいたとき、テツは無造作に目をあけるようなことはできなかった。まず、手で額から頭のあたりを触ってみた。包帯のザラザラとした感触が、なぜか快かった。目のあたりには、乾いた血が、指に触れるとボロボロと崩れ落ちた。そして、テツは何度かためらったのち、思い切って両目をあけた。

……ホッとした。

天井の裸の蛍光灯が、一本ずつ、キチンと見てとれたのだ。

もう、夜明けなのだろう。廊下のあたりから、人工的ではない明るさが、教室にまで入り込んでいた。

周りを見わたすと、テツと同じような負傷兵たちが、およそ五十人くらいだろうか、ゴロゴロと魚河岸《うおがし》のマグロのように横たわっている。

「どうだ？」

見上げると、ゲバルト隊長のアラガキが、テツを覗き込んでいた。

「大丈夫です。アラさんの顔が見えますから」

「そうか、よし」

アラガキは力強く頷くと、目をあけている次の負傷兵の顔を覗きに行った。その頼もしげな後ろ姿に、テツは、やっと人心地をとり戻しつつあった。

そうだ。それまでのテツは、全身を耳にして、遠くの物音を聴いていたのだ。闘いは、その後も断続的に続いていた。時折り、鬨の声とおぼしき喚声が、まるで海鳴りのように響いていたのを、テツの耳はキャッチしていた。そして、彼は全身を硬くしていたのだ。

恐怖心。それはいつもあった。と、テツは思う。誰もスキ好んで、危険なことをやりたいわけじゃない。

後年、テツが四十歳近くなってから、二十代の若い部下からよく質問されたものだ。

「テツさんの学生時代って、面白い時代だったんでしょ？」

「だって、面白いからやってたんでしょ、学生運動！」

若者たちは、皮肉でも何でもなく、ただ無邪気にテツの体験談を訊きたがる。しかし、そんなとき必ず、テツは言葉を見失う。

（面白いわけ、ねえだろ。ただ、ガサガサと口の中が乾いていて、喉元から悲鳴

が出ないように唇をなめなめ恐怖を押し殺していただけさ）

しかし、そんなホントのことをしゃべったところで、いまの若者たちに解りはしない。

「え、面白くなかったんですか。面白くもないこと、なんで、やってたんスか？」

軽薄な答えが返ってくるだけだ。

（てめえら、面白いか面白くねえか、そんな尺度しか持ってねえのかよ）

ことさらに、自分だけが臆病だったのではないだろう、とテツは思う。誰もが、恐怖を感じていたはずだ。しかし、その恐怖を口にする者は、不思議といなかった。そういえば、そうだ。なぜ、当時の学生たちは「恐怖」を語ろうとしなかったのか……。

女々しい男、と思われたくなかったからか。思想性が弱い、と指弾されたくなかったからか。その恐怖を克服することが、自己変革だと信じていたからなのか。

恐怖とは、言うまでもなく自己保身の感情である。挫折も転向も、この恐怖への敗北にほかならない。そして自己否定とは、テツの場合、自分の中の恐怖を押し込め、革命に殉じることにほかならなかった。

しかし、その革命を、自分は百パーセント信じきっていただろうか、とテツは思う。決して、そうではなかった。と、いまとなっては思えるのだ。活動の動機を、テツは多分に「自己犠牲」的にとらえていた。

もし、ほんとうにこの革命運動の果てに、誰もがハッピーになれるユートピアがくるのならば、自分一個の生命《いのち》など、どうなってもかまわない。急進的と言われようが狂信的と言われようが、オレは一個の「過激派」であっていい。革命が成就し、世の中がよくなってから、誰かに認めてもらえればそれでいい。と、テツは思っていた。

だから、真の意味でのオルグは、テツの場合やっていなかった。

（この運動の『シンパ』になってくれれば、それでいい）

それは、高校時代の仲間に対しても、大学のクラスメイトに対しても、同じだったような気がする。

（こんなつらい運動、オレひとりでたくさんだ）

キミたちは、あとからついてきてくれれば、それでいい。と、テツは思っていた。安っぽい「ヒロイズム」……かもしれなかった。

だから、テツはクラス内の前衛党員に対しても、その前衛党の過去と現在を語ることで、彼が活動から足を洗うところまでは論破したが、それ以上のこと、つまり自分のセクト活動への参加までは求めなかった。

クラスの学友諸君に対しても、クラス決議やスト権の確立については協力を求めたが、過激なデモへの参加までは求めなかった。それは、なぜか……。

学生会館に寝泊りし、毎朝校門でビラを撒《ま》くテツの姿に、クラスメイトはやさしかった。

「がんばれよ」

「ダイヘンしとくよ」

事実、大学の一、二年生の必修科目である体育実技に、テツは二、三回しか出席していないにもかかわらず、毎回出席したことになっていた。あとで知ったことだが、クラスメイトが、順番で返事をしてくれていたのだ。その体育教師と、キャンパスで出会ったことがあった。

「オイ、たまには実技出てこいよ。でも、毎日運動やってるから、まあいいか」

体育教師は、すべてを承知しているようだった。そして、ずっと「可」をくれたのだ。大学四年になり、卒業・就職を考えて運動を離れた元活動家が、一年生といっしょに実技だけを受けに教養課程のキャンパスに通うというみっともないマネを、テツはしなくてもすんだ。それだけでも、ありがたいことだとテツは思っていた。

（やっぱり、オレは日和《ひよ》っていたのだな）

と、テツは思う。というより、この過激な運動自体がそんなに長続きするとは思えなかったのかもしれない。

テツは日和っていた。といっても、肉体はつねに運動の渦中にいた。だから、誰もテツを日和っているとは思わなかった。

（オレは体を張っている）

とは、テツがつねに思っていたことだった。しかし、テツにすれば、「体を張る」ことぐらいは簡単だった。どんなにキツいデモでも、徹夜の団交でも、体力的には自信があった。厳冬のアスファルトの上でも、コート一枚あれば、テツは眠ることができた。

赤レンガの校舎。階段教室。外を前衛党の武装集団に取り囲まれ、恐怖の一夜を過ごしたときも、テツは一人で長椅子の上で眠っていた。そのイビキが階段教室中に反響し、浮き足だっていた学生たちを安心させた、とは本人は知るよしもない。

「豪傑《ごうけつ》がいるんだなあ、って、みんな笑いながらもホッとしていたぜ」

同じ大学の先輩活動家が、あとでテツに楽しそうに語ってくれたものだった。

しかし、しかし、テツは日和っていた、と思う。というか、この運動の熱狂が心の底からは信じ込めていなかったのかもしれない。

（いつかは冷める）

あるいは
（いつかは変質する）

という予感がテツにはあったし、それは、心の奥の恐怖感から発されているものだった。

（オレはいったい、何を恐怖しているのか？）

論理的に考えれば、テツにとって恐怖すべきものは、何もないはずだった。この運動に自己の肉体を捧げることに、何の疑問もないはずだった。しかし、それはあくまで論理的に考えた場合であり、テツの情緒は、論理を超えてさまざまな感情の揺れを抱いていた。

（この世への未練……）

確かに、それもあった。とくに、高校時代からつきあっていたハルコに対しては、未練以上の未練を感じていた。

「恋は革命なのだ！」

と豪快に言い放つ先輩のタカハシは、同じ活動家の短大生と同棲《どうせい》していた。いや、本人たちに言わせると、それは正式な「結婚」であるらしかった。ただ、現行のブルジョア法体系など認めていないので、世間一般の手続きは無視しているだけなのだ、と。

考えてみれば、おかしな時代ではあった。革命前夜と化したキャンパスを一歩離れれば、そこには平和と勤勉と繁栄と希望が満ちあふれていた。テツにしてみれば、そこには安逸《あんいつ》があふれていた。映画を観ることもパチンコをやることも、酒場で財布を気にしながら安酒を呑むこともできた。ジャズ喫茶で独り、煙草の煙をながめながら何時間か過ごすこともできた。

その安逸な時間の象徴が、ハルコでもあった。医者の娘として、何不自由なくスクスクと育ったハルコは、眩しいほどに健康な女性だった。

なぜ、彼女と別れたのだろう。テツは、いまでも、ふと疑問に思うことがあった。

土佐勤王党（一九九四）

（要するにだなあ、土佐勤王党ってのは藩の枠を超えられなかったんだね。だから有力な志士はみんな脱藩して外でがんばったわけでね。やっぱり武市半平太の意識が、最後まで藩にこだわっていたんだろうね）

テツは、古本屋で見つけてきた維新史の史料をめくりながら、幕末から維新にかけての土佐藩士の働きなどを調べていた。

（ナニナニ？　うーん、こいつは読めねえなあ。むずかしい漢字、使ってやがる）

《コウハン・キンノウロンじゃ》

（へえ、これで闔藩《こうはん》ねえ）

《言い替えれば『一藩勤皇』あるいは『挙藩勤皇』……》

（要するに、藩全体で勤皇派になろうってんだろ？　半平太ってのは、根っからの尊皇主義者だったんだね。天皇のために『上は藩主から下は草莽《そうもう》にいたるまで』

……あげて勤皇に尽くすべし……か。なるほどね）
《うむ……》
別人格は、必要なとき以外はほとんど何も言わずに、テツの解説を聴いていた。
いや、テツといっしょに史料を読みふけっているのかもしれなかった。
（半平太が土佐藩全体を尊皇討幕にもっていこうとしたことは、志《こころざし》としては正しいよ。だけど、ちょっとムリがあったね。
だって土佐ってのは、薩長《さっちょう》とは違って特殊な事情の藩だよね。『一豊《かずとよ》の妻』で有名な山内《やまのうち》家だもんね。その山内家のサムライと土着の長宗我部《ちょうそかべ》侍とが、まるで内戦状態のまま徳川三百年を生き抜いてきたわけだからね、こりゃ大変だぜ）
《いかにも……しかし、おぬし、意外と歴史に詳しいのう》
（ヘタの横好き、かな。若いころから幕末維新のあたりだけは、なんだかよく解る気がしてね。でも、土佐では坂本龍馬、中岡慎太郎が好きだったね。武市ってのは、いまいち解りにくくてサ）
《そうか。おまんは坂本と中岡が好きか……》

（ま、とにかく土佐藩は大変だぜ）
《まっこと……》
（まるで藩主が三人いるようなもんだ。江戸に公武合体論者の容堂公、土佐には若い藩主と元気な隠居。だまくらかす相手が多すぎるよ。半平太にしても、ついに容堂は動かせなかったわけだ。

身分的なものも、大いに関係していたようだね。土佐勤王党ってのは、ほとんどが長宗我部侍の組織なんだね。山内侍、つまり上士はほんの二、三人しかいない。半平太にしたって、下士に毛のはえたような『白札』格。長州の桂や薩摩の大久保のように、しょっちゅう藩主に意見が言える身分じゃない）
《いかにも……しかし、容堂公が国許《くにもと》へ戻られてより以降は、ことあるごとに直接諫言《かんげん》申し上げたはず、である。あるときはタタミを叩き、あるときは退室しようとするご老公の着物の裾をつかんでまでも、佐幕の非を説き、討幕の理を説いてまいった、はずである。直接のお目見得のかなわんときは、上申書に記してお諫《いさ》め申した……と聞いちょる》

（うんうん。そうだな、この史料によると、謁見の折り、老公より半平太に『君臣一致』『尊皇攘夷《じょうい》』の誓約まで下《くだ》しおかれた……とあるもんな。でも、そんな約束は何の役にも立たなかったんでしょ。つまり、京都が尊皇攘夷・討幕ムード一色のときは、半平太を泳がせて土佐藩の存在感を示した。でも、京都から長州派が一掃されて公武合体色が強くなると、半平太をはじめ土佐勤王党を一網打尽にパクってしまう。容堂は半平太を利用しただけ、半平太は容堂に踊らされただけ、ってことになるんじゃないの？）

《うむ。……結果としてみれば……》

（そもそも容堂は、上士以外は人間だとは……いや、同じ侍だとは思ってなかったんじゃないのかな。半平太についても『うるせえヤツだな』くらいにしか思ってなかったんじゃないの？　だけど、半平太は世間的にも名前が売れていたし、下士・郷士のあいだでは影響力があったから、ムゲにも扱えないし、てなところかな）

《後世の史家は、そう申しちょるがか？　いや、つまり勤王党は土佐藩に見切り

をつけるべきじゃったた、と？　……》

（まあ、歴史家なんてのは、当事者じゃないし、結果論でしかモノを言わないからね。それに、坂本龍馬、中岡慎太郎はじめ多くの志士が脱藩して、けっこう外で活躍しているしね。

もし、あくまでも藩と心中するっていうんなら、いや、心中しちゃいけねえか。とにかく藩全体を動かそうとするなら、上士、つまり山内侍を口説いて、もっと容堂の近くまで勢力を浸透させるとか……なんとかならなかったのかなあ）

《…………》

口惜しさ、なのか、懐古、なのか、何とも言えぬ別人格の思いが、テツの胸に押し寄せていた。しかし、テツはその思いが何なのかを、別人格に訊いてみようとは思わなかった。

たぶん土佐藩士として、この尊皇攘夷の激動の時代を生きた別人格に対して、さらに言えば、「挫折」を経験したと思われる者に対して、「同病あい憐《あわ》れむ」に似た感情が、テツの中に生じていたのだろう。

しかし、同時に、後世から見た冷厳な判断、見方、分析を、この別人格に伝えるべき使命もあるかもしれない、とテツは思うのだ。

（でも、土佐勤王党、というか半平太の最大の失敗は、暗殺っていう政治手法かもしれないね。もちろん、当時はカタナの時代だってこともわかるし、『桜田門外の変』以来、暗殺がブームだったことも知ってるよ。けどね、暗殺ってのは字のとおり暗いよね。マイナスの政治手段だよね。

確かに封建制度では、暗殺とかテロってのは一見有効な手段に見えるけどさ。つまり、権力がある程度個人に集中しているからね。

でも、暗殺で革命はできないぜ）

《さようか。現代では、そう認識されちょるんか……》

（結局、土佐にしたって、吉田東洋暗殺が最後まで尾を引いたわけでしょ。容堂が土佐に帰ってきて、京都で七卿落《しちきょう》ちの『八・一八の政変』があって、それで土佐でも勤王党が一掃されて、藩政を握ったのは東洋門下の若い連中だったんでしょ）

《うむ……》

別人格の苦渋に満ちた感情の一端が、テツの心にも伝わっていた。

「暗殺で革命はできないぜ」

このフレーズ……ずっと以前にも、テツは使ったことがあった。

マサキ（一九七二）

あれは……そう。テツが勤めはじめてまもないころ、その小さな会社の近く。駅ウラの焼鳥屋の片隅。

マサキの暗い顔が、というよりそれが特徴の困ったような純な目が、すがりつくようにテツを見つめていた。

しかし、いくら口説かれても、いくらせがまれても、こればかりは頷《うなず》きようがなかった。

すでにテツは活動家でも革命家でもなかったし、もう何ヵ月も前から、いちおう市民社会の人間として、日々それなりの労働にいそしんでいたのだから。

マサキのことが、テツは好きだった。数かずの修羅場を、ともにくぐってきた。つねにギリギリの、あぶない橋をともにわたってきた。

同志――と呼べる数少ない人間の一人だった。短い期間ではあったが……。いつも眉間《みけん》にシワを寄せ、口をとがらせ、気の弱そうな顔をしながら、やるときは必ず先頭に立つ男だった。

ただ一度の、あのマンガチックな闘争を除いては……。

そう。丸太をかついで防衛庁に突っ込もうとしたあのときも、テツはマサキと組んでいた。

「まるで爆弾三銃士だぜ」

と自嘲《じちょう》しながらも、マサキの背中を見ながら、テツは丸太の重みを支えていた。

目の前には鈍く光るジュラルミンの楯《たて》の壁。ぶ厚く押し寄せる紺色のヘルメット群。舗道の両側から連続して放たれるフラッシュ。地鳴りのような喊声《かんせい》、怒声、そして重い靴音……。

ふと気がつくと、十数本あった三銃士たちの丸太ん棒は、わずかにテツたちの一本だけ。

楯のこすれ合う金属音、機動隊の乱れた隊列。歩兵のゲバ棒部隊が逃げ、テツのアト棒が逃げ、残るはテツと、先頭のマサキのみ。それでも、テツは玉砕《ぎょくさい》覚悟でいた。

（マサキとオレの二人だけでも……）

と、マサキが丸太を放り出した。

「こりゃヤベエよ」

テツに叫びつつ後方へ逃げる。

「……ん？　……」

丸太の先がアスファルトに落ち、テツ一人が支えていても、もはや意味がない。

（おいおい、そりゃねえだろう）

あわててマサキのあとを追うテツ……。


「なあ、もう一度、オレと組まねえか」

マサキの目が、テツの目をまっすぐに見つめる。

テツは、匂いのキツイ二級酒を口へはこびながら、逆に醒《さ》めていった。

（もう、そんな時代じゃないぜ）

首を横に振りながら、テツもマサキを見つめ返した。

(この男は、独りでもやるだろう。ずっと、ずっと、やるだろう)

やがてマサキは視線を落とし、盃《さかずき》を口にはこんだ。テツはその盃に、安酒を注いだ。

もはや、昔の運動ではなかった。すでに質が変わっている。運動をとり巻く空気のようなものも、明らかに変わってしまったのだ。

そして、その流れの中で、テツも変わった。いや、変わろうとしていた。

党(セクト)は分裂し、一方は軍事路線を突っ走り、世間を、世界を騒がせていた。一方のマサキたちも、それに引きずられるように、あるいは組織防衛のためか、密かに軍事専門の部隊をつくりはじめていた。

街頭闘争から、内ゲバ・テロ闘争へ。大衆的な学生運動から、閉鎖的な爆弾闘争へ……。

「暗殺で、革命はできないぜ」

テツが、ポツンとつぶやく。

哀しそうに、マサキは頷いた。

(こいつは、もう引き返せないのか? 解《わか》っていながら、なお、まだ続けようというのか……？）

重い気持ちのまま、二人は駅前で別れた。別れぎわ、電車賃がないというマサキに、テツは五百円札を一枚わたした。

その五百円札は、結局、マサキへの香典のようなものになってしまった。

テツが、マサキの死を知ったのは、それから半年か一年くらいあとのことだった。

その後、同期だった元活動家たちがマサキのふるさとへ墓参りに行ったときも、テツは同行しなかった。

そんな余裕が、当時のテツにはなかったのだ。と、言い切ってしまうと、ウソが混じるような気もするが……。

あのときマサキは、……そうだ。マサキ自身も、心の底では足を洗いたがっていたのかもしれない。

ズタズタになった組織の、なおもボロボロと欠けてゆく組織の再結集を夢みて、絶望的な活動を続けてゆくことに、彼自身が疲れ果てていた……。

しかし、あの時点で、テツに何ができたろう。

やるか、やらないか。——それはマサキ自身が決めること。

「おまえも、日和《ひよ》っちまえば」

とは、テツの口からは言えなかった。

「武市半平太《たけちはんぺいた》って、武市瑞山《ずいざん》とも言うんですよね」

史料の山を見ながら、ジョーチンがテツに言った。

「おう。あと、土佐勤王党もチェックな」

「はい」

ADのカキタが、あきれたような顔で、テツとジョーチンを横目で見ている。

「おっと、それからコレッ」

と、テツはレシートの束をジョーチンにわたす。

「資料代つうことで」

「エッ、あの、クライアントとか……」

「K社でもD社でもいいじゃん！」

ちょっと困ったような顔で、ジョーチンは首をかしげる。

「あのう、テツさんの名前だと、もうムリかも」

「あ、そう。じゃ、ジョーチンでもカキタでも」

それまでポケッとしていたカキタが、ギョッとしたように顎《あご》を出す。が、テツのほうを見ようとはしない。

「なっ！」

と、テツ。

「なんとか、やってみます」

と、ジョーチン。むこうで、肩をおとすカキタ。

かくして幕末維新の群像との格闘は、ジョーチンも巻き込んで、なおも続いた。「文学少女」だけあって、ジョーチンは文献の資料的な読み込みには慣れているのだ。

キーワードを頭にインプットするだけで、関連記述をマーキングしてくれる。テツは大いに助けられた。というのも夜は別人格とつきあわねばならず、ほとんど眠っていなかったのだ。

案の定、デスクで史料を読みはじめたとたん、そのまま崩れるように眠りはじめた。

「おやまあ、まるで図書館か古本屋さんだね」

「こんどは歴史エッセイですかね、テツ先生は」

「ちょっとバイトやりすぎじゃないの？」

通りすがりの営業やメディアの人間たちが、眠りこけるテツを見ながらジョーチンを冷やかしてゆく。

バイト……といえるのかどうか。

じつはテツの最近の副業は、雑誌やコミュニティペーパーに、ちょっとした文章を書くことだった。

たいしたことを書くわけではない。業界のウラ話めいたもの、あるいは風俗や流行をオジサンの目から皮肉っぽく突っ込む程度の駄文だった。

そもそもは、ジッツさんという小出版社の呑んべえ社長と知りあったのがキッカケだった。

が、いつ、どこで彼と知りあったのか……テツは憶《おぼ》えていなかった。たぶん十年くらい前から、行く店、行く店で顔を合わせるうち、いつしか酒をくみ交わす仲となっていた、というわけだ。

楠城実《ナンジョウジツ》――その名前の「実」はミノルとは読まず、ジツと読む。しかし、「ジツ」という発音は日本人にはむずかしいらしく、人はみな、彼を「ジッツさん」と呼んでいた。

そのジッツさんが何年か前に週刊誌を創刊した。『週刊ホリー』とかいうタイトルで、すべてが署名記事という画期的な（思いつきの）週刊誌ではあったが、なぜか編集長のジッツ氏から、テツに連載の依頼があったのだ。

テーマは、「若者たちと新宗教」だったたか？　……たかが一ページのコラムだったが、これが大変。毎号、何度も書き直しをくらい、最後は何を書いたかテツ自身も忘れてしまいたくなるほど、頭痛のタネというか、久しぶりのプレッシャー体験ではあった。

が、しかし、テツにとっては、それがじつにいい勉強になっていたのだ。広告コピー以外の文章作法を、ギャラつきで仕込んでもらったのだと、いまではジッツ編集長に心から感謝しているテツであった。

しかし、その『週刊ホリー』は、あえなく数ヵ月で休刊（つまり廃刊）となってしまった。

ところが、捨てる神あれば拾う神あり、というのだろうか。ポッポッと、ほかの雑誌社からの原稿依頼が、テツにくるようになったのだ。

テツにしてみれば、ほとんど酔いにまかせた言葉遊びであり、その呑み代の足しになるくらいのギャラでもあり、あえてバイトというほどの意識もなかった。社の上層部も、とりたてて問題視はしていないと聞いてもいた。

が、こっちがどんな軽い気持ちでも、クリエイターではない他局の社員からすれば、多少面白くないのかもしれなかった。

テツに直接何か言ってくる人間はいなかったが……。

その後（一九九四）

（……ん？　……）

本の山、というか枕がわりの本からテツが顔を上げると、ジョーチンのあきれたような顔があった。

「あの、そろそろ上がらせてもらってもいいですか？」

「ん？　ああ、もうそんな時間？」

時計は、八時半。ＡＤのカキタの姿は、もうない。

「おう、かえってわるかったね。遅くまで」

抱えていた三冊をテツにわたしながら、ジョーチンは微笑《ほほえ》んだ。

「この半平太っていう人、ほんとに真面目《まじめ》な人だったんですね」

「どして？」

「奥さんひとすじ、って書いてありました」

「ん？」

「当時の志士っていうか男の人たちって、浮気だの女遊びだのってフツーだったんでしょ？　芸者さんを奥さんにした偉い人もいたりして……」

「あ、そういうことね」

「けど、この半平太って人、国に残してきた奥さんのこと、ホントに愛していたみたい。そういう悪いこと、まったくしなかったんですって！」

「へーッ、そいつはタマげた！　正真正銘のカタブツってやつだね」

「んもーッ、じゃ私、帰りますッ」

「おう、あんがとよ！」

メガネをかけ直すと、コートを引ったくるように持って、ジョーチンは出ていった。

（——だってよ、おまえさん、聞いてた？）

《…………》

（あれ、どったの？）

《武市半平太とは、そういう男やったきに》

（はいはいっと）

デスクに散らばっていた史料を集めると、取手つきの紙袋が二つ。相当な重量だ。

（こりゃ重すぎるわ。シータクだな）

《シータクとは？》

（タクシー。んーと、つまりクルマ、自動車のこと）

《うむ》

（あ、わかってると思うけど、クルマの中では話しかけないでよ、ゼッタイ！）

珍しく自宅で遅めの夕食をとると、不審げなレーコとナナを残して、テツは自室にこもった。

（さてと、一服したら、またはじめますかね）

《うむ。……そうじゃのう。あとはザッと、土佐の人間たちの『その後』をさろうてみてくれんか》

（『その後』ってーと？）

《藩庁によって勤王党が弾圧され……》

（オーケー。そのころからね。エーッと、ちょっと前後するかもしれないけど、まずは何といっても海援隊と陸援隊だろうね）

《……？　……》

（知らないかい？　海援隊ってのは、坂本龍馬《りょうま》がつくった私設海軍。だけど、いまでいう商社の機能が中心だったみたいだな）

《龍馬か。船や海軍やと騒いではおったが、そうか……》

（中岡慎太郎って、知ってるよね）

《むろんじゃ》

（あの人も、半平太たちがパクられると脱藩してね。エーッと、長州にかくまわれてた七卿《しちきょう》たちの世話をしながら全国を遊説してさ。海援隊に対抗して陸援隊っていう浪士隊をつくったわけだよ。どっちの隊もいろんな藩から志士が集まってきたけど、中心は土佐の脱藩浪士たちだったたってわけサ）

《藩が動かんかったからな……》

（吉村虎太郎《とらたろう》の天誅組《てんちゅうぐみ》ってのは知ってる？）
《いかにも。惜しいことといたした。確か、わが同志は十六名参加しておった……》
（そうかい。それじゃ、独眼流といわれた清岡道之助、以下二十三士の嘆願書事件……ってのは？）
《憶えちょる。ナハリ河原の二十三士処刑のことは……慙愧《ざんき》に堪《た》えん》
（とにかく、土佐藩の志士たちは、よく死んでるね。ま、おまえさんもその一人なんだろうけど。これじゃ容堂公も夢見が悪かったろうなあ。そういえば、こんな話が、司馬《しば》遼太郎の『竜馬がゆく』に書いてあったぜ。エーッと、ほらほら。維新のあともね、あの老公は新橋や柳橋でよく呑んでたそうでね。酔っ払って眠ってると不意に起きて『半平太ゆるせ、半平太ゆるせ』ってうわごとを言ってたらしいよ）
《そうか……うむ……じつは老公を呪《のろ》うちょった時期がある。老公の夢の中に侵入いたし、同志の恨みじゃと一太刀あびせたことも……》
（おいおい、そんなことしてたの？　それって、おまえさんが死んでから……の話だよね）

《いかにも。ワシ自身は死んだという感覚はすでに薄れちょったんけんど……》
（へーエ、幽霊ってのは、人の夢の中にまで入っていけるのか？）
《ま、そんなことはかまわんき。土佐藩士で、その後、天下に名が残っちょる者《もん》はおらんかね？》
（そうだねェ、北添佶摩《きたぞえきつま》、望月亀弥太《もちづきかめやた》、石川潤次郎、藤崎八郎……知ってるかな、池田屋の変）
（いや、その、若い者たちはあらかた解るような気もいたすが、池田屋？　とかの事変は知らぬ）
（ふーん、京都の池田屋っていう旅館に尊攘《そんじょう》浪士が集まって挙兵の相談をしていたんだけどね。そこへ新選組が突撃してさ。長州の吉田稔麿《としまろ》とか肥後の宮部鼎蔵《ていぞう》とか、生きてれば総理大臣級の政治家が殺されたっていう事件なんだけど）
《そうか……ミヤベ先生まで……その時点で》
（あとは、そうだねェ、維新のあとも生き残った土佐藩士といえば、河野敏鎌《こうのとがま》とか……）

《ん……？》
（たぶん知ってるはずだと思うんだがなあ、時代的には。そうそう、河野万寿弥《ますや》って言えば解るかい？）
《おう、万寿弥か。知っちょる。確か、永牢をおおせつけられたはずじゃが》
（維新によって釈放……。裁判官をやってから、内務大臣、文部大臣、司法大臣を歴任か……）
《どうりで、おらんはずじゃ》
（え？　なに？）
《いや。ほかには誰か？》
（田中光顕《みつあき》、といっても解らないよね。その当時の名前は、エーッと、浜田辰弥《たつや》。吉田東洋を殺《や》った那須《なす》信吾の甥《おい》だね）
《おう、辰弥か。佐川から出てきた若者じゃ。よう剣を教えたもんじゃが……》
（井原應輔《おうすけ》や島浪間《なみま》たちと脱藩して、のち陸援隊。維新後は元老院議官、警視総監、宮内大臣）

《出世したもんじゃのう》

（出世といえば、後藤象二郎、それから板垣、いや、エーッと乾退助《いぬい》は新政府の参議になってるぜ）

《上士どもじゃ。しかも……、二人ともワシが入牢してよりは大監察じゃ。つまりワシらを拷問《ごうもん》にかけたり詰問《きつもん》したり、きつい取り調べをやった連中じゃき。しかも、しかも……》

怒りの波動が、テツの中に熱く充満した。

（ちょ、ちょっと待ってよ。いまだに連中を恨んでるのかい？）

《いや、失敬。つい、あのころのことが思い出されてのう。けんど、ヤツらは老公の側近であり、東洋門下の新おこぜ組じゃ。まして後藤は東洋の甥である。公武合体・開国論者のヤツらが、なんで維新後に出世したがか。そん前に、どう維新とかかわったんか。解《げ》せぬ》

（そうねェ、話せば長くなるかもしれないけど、エーッと……）

テツは、さらに維新史の史料を見ながら、その後の土佐藩の動きを、ザッと別人格に説明した。
まず、時代の流れを薩長《さっちょう》がリードしたこと。焦った土佐藩では、乾や谷守部《もりべ》が、単に薩長への対抗意識から倒幕派に転向したこと。（薩土倒幕密約）
行き詰まった後藤は、坂本龍馬が発案した「船中八策」という新政府の青写真を方針として「大政奉還運動」を起こしたこと。（大政奉還のための薩土盟約）
その内容は、列藩会議的な議員制度で、その議長に徳川氏を据えるというもの。つまり徳川家を残す方向での平和革命路線だ。そして、容堂の意思として、大政奉還の建白書を提出。朝議もこの方向でまとまりかけた。
が、しかし、このとき、尊皇討幕派のクーデターが起きる。薩長同盟を軸にした討幕＝武力革命路線が、薩軍三千の京都入りをバックに勝利する。王政復古の大号令とともに、後藤も容堂も松平春嶽《しゅんがく》もやむを得ずこれに従う。そして、鳥羽伏見の戦いを経て、江戸開城、戊辰《ぼしん》戦争へ——。
《ちくと、割り切れんもんを感じるのう。政治とは、歴史とは、まっこと何じゃろうか……》

（後藤も乾も、結局新政府とはしっくりいかなかったみたいだね。自由民権運動も彼らが下野《げや》して起こしたものだしね。『板垣死すとも自由は死せず』なんて名言も残してるよ。
最近では、板垣はお札にもなってるんだよね。でも、彼らをひと言でいえば、変節漢ということになると思うよ、オレは）
《………》
（そういえば、こんな史料があるよ。明治二十四年に武市、坂本、中岡、吉村の四人の志士に『正四位』が贈られてるんだね。知ってたかい？）
《知らん》
（そうだろうね。死者に何を贈ったって、わかりっこないよね）
《いや、そうとは言い切れん。天上界へ戻っちょれば、地上での動きは見えるもん、らしいのでな》
（へぇー、面白いね。そうなのか……。ところで、その『正四位』追贈のお祭りがあってね。これは瑞山会っていう、土佐勤王党の生き残りが主催したらしいんだ

けどね）
《ほう……そのような……》
（その席に後藤と板垣が出ていてね。『瑞山武市半平太先生を殺したのは、誠に誤りであった』ってザンゲしてるよ。このひと言を聞いて、かつての勤王党の同志たちや、武市の奥さんの富子さんが、やっと心を晴らしたって書いてあるね）
《富……》
熱いものが、別人格の心から伝わってきた。テツは、それを無視して史料をめくり、話を続けた。そうしなければならないような気分であったのだ。
（とにかく維新以後は、土佐の人間はだいぶ自由民権運動に走ってるね。新政府を薩長に牛耳《ぎゅうじ》られて、対抗意識として反政府運動へ向かったんだろうね。ちなみに、明治二十年、保安条例で東京を追放に、つまり江戸ところ払いになった民権論者の八割が、なんと土佐人だぜ）
《もうよい。あいや、かたじけない。その後の時代の流れ、あい解った》
（そうかい？　じゃ、ここらへんにしとこうか）

《ところで、おまんがやっておった反政府運動とは、いかなるものなのじゃ？》
（いかなるもの……って言ったって。マルクス……なんて名前、知らねえよな）
《知らん》
（えーと、何て説明しようかな。うん。いまの日本ってのはさ。いちおう『自由』という概念を大切にした社会なんだが……解る？）
（それとのう、解る）
（解るかい？　んーっと、ところがかつての社会は、その自由の名に隠れてひどい不平等が存在していた。いわば、持てる者と持たざる者。金持ちと貧乏人。資本、つまり金を持ってる階級と、自分の労働力しか持ってない圧倒的多数の階級。この差が、じつにかけ離れていたわけだ。
そこでマルクス、という人間は、これはドイツの、そう、経済学者というか哲学者というか、まあ思想家なんだが、『自由』よりも『平等』という概念のほうが大切だと説いたわけだ。そして、圧倒的多数の労働者階級が世の中を支配すれば、『平等』な素晴らしいユートピアができる、と世界中に宣言した）

《『自由』対『平等』じゃな》
（ほんとは、そんなに単純なものじゃないんだけどね。ま、そういうわけで、マルクスの考えは社会主義とか共産主義という理念になって、世界中で大暴れしたわけだ。それで、世界の半分は、その社会主義的な国家になった）
《『平等』な国家ができたわけだな？》
（いや……。そこが、理想と現実のうまくマッチしないとこでね。どうやら『平等』を標榜《ひょうぼう》する国々で深刻な『不平等』が生じていたらしい。つまり、悪平等というか結果平等というか、人びとの労働意欲がなくなってモラル、つまり倫理観念も低下してね。階級をなくしたはずなのに、新しい特権階級ができちゃってね。ちっとも発展しなくなっちゃった、というわけだ）
《なるほど。困ったもんやのう》
（うん。逆に『自由』を標榜する国々がマルクス的な考えを生かしてね、けっこう『平等』ないい社会をつくってきたりしてね。発展的にうまくいってるし……）
《現実の世とは、なかなかむずかしいもんよのう》

（そうなのよ。それで現在はね、かつて革命起こしたりなんかして『平等』を実践していたはずの国々がバタバタと崩壊してね。いまや頑固な二、三ヵ国を残してほとんど存在しないというわけ。まあ、いちおうの結論が出ちゃった、ってとこかな。そこで、オレたちの運動なんだけどさ。学生中心のね、本来の『平等』をベースに、実際の社会主義国家とは違う理想的な世界を求める急進的な運動ではあったんだけどね。その、もう二十年も前にね……）

《要するに、敗れたというわけやな？》

（ひと言で言ってしまえば、ね。お、そうだ。ビデオがあるはずだけど、見るかい？　オレたちが具体的にどんなことやってたか、記録してあるヤツだけど）

《ビデオ？　……》

テツはビデオ・ラックを引っかき回し、いちばん奥に入っていた一巻をとり出した。『六〇年代後半から七〇年へ――全共闘運動の記録』というタイトルがついている。ビデオデッキを操作すると、やがてモノクロの画面が映し出された。

羽田、佐世保、三里塚《さんりづか》、そして日大、東大……。しかし、画像がどうもおかしい。

そうとう古いシロモノだし、長いあいだ放っておいたからおかしくなっているのだろうか――と、テツは思った。

（まだモノクロの時代だったんだなあ）

とにかく、人物像が一定しないのだ。トラッキング……の問題でもない。

「あっ」

と、テツは思わず声を発してしまった。

機械もソフトも、別に故障はしていないのだ。なんと、そのビデオに登場する者たち、すなわち学生たちや警官たちの多くが、例の「二重映し」になって見えていたのだ。

（あんた、こんなワザも使えるの？）

《らしい、のう》

テツは、操作ボタンを押してスローモーションに切り換えた。

映っている。アジ演説をする学生活動家の像にダブって、ステッキのような棒を振り回しながら叫ぶ和服姿の、壮士風というのだろうか、ザンバラ髪のヒゲ面が重なっている。
《仕込み杖。中身は日本刀じゃろう》
（そんなことまで解るのかい？）
アジるリーダーのわきに、ヨコを向いて鋭い目を光らせている学生、というより
だいぶ年季の入った男は、羽織の袖口に覚えがある。新選組だ。
そのヨコで赤い旗を持っている学生は、なんと大時代なヨロイカブトの武者である。
（時代考証がメチャクチャだね）
《霊は、いつまでも自らのスタイルにこだわる。執着というヤツかもしれんが、彼
らはそれが自らの本質であると信じちょる。よって、姿カタチを改めようとはせん》
（それじゃ、オレに憑《つ》いてるあんたも、ヘンなカッコしてるのか？　やだぜ、あ
んまりスットンキョウなカッコしてちゃ。見えるヤツが見たら見えちまうんだろ？）
《安心しい。ワシはごく普通の身なりをしちょる》
（普通って？）
《羽織袴《はかま》をシャンと着こなしちゅう》

（おいおい、しゃれたスーツか何か、せめて洋服に着替えてもらえねえかな？）
《それはムリと申すもの。おまんらのような服を着ては両刀を差すことができん》
（え、カタナ差してんのかい？）
《いかにも。武士のたしなみじゃきに》
（どうりで、左の腰のあたりが重いと思ってたぜ。その二本差しだけでも、やめてもらえねえかな）
《いや。それではイザというとき、おまんを守ることができん》
（うーん、そう言われちゃしょーがねえなあ。オレもまだ生命《いのち》は惜しいからね）
そのとき、テツの中の別人格が、グッとテレビ画面に惹《ひ》きつけられ、身を乗りだした。テツもつられて、というか一体なので抗《あらが》うことはできないのだが、画面に集中する。
三里塚。――成田新空港建設反対闘争だ。機動隊と学生のあいだで、火炎ビンやら石コロやら催涙弾やらが飛び交っている。
（いたのか？）

《チラと。確かに、見えたような……》

（巻き戻そうか？）

《さようなこと………できるがか？》

テツは少し巻き戻し、またスローモーションで再生していった。

学生や農民側の攻勢。機動隊が敗走している。何人かが逃げ遅れている。その最後尾の一人に突進し、鉄パイプを振り降ろす学生。

瞬間、真剣がキラリと光った。

のけぞるように倒れる機動隊員。

さらに次の相手をめがけて追いすがる学生。その後ろ姿は、まぎれもなくカタナを手にしたサムライだ。

《見事。ケサガケだな》

しかし、画面がブレて、次のシーンにカットバックされていた。

こんどは機動隊の攻勢。

逃げまどう学生たち。

（おまえさんの捜してる人は、学生運動が好きらしいね）
《いや。政治的なことには、本来あまり向かん男じゃ。ただ、人を斬《き》ることにかけちゃァ……》
（物騒な男だね。刺客《しかく》ってヤツかい？）
別人格は、それきり無言になった。しかし、テツはひどく悲しい感情に満たされていた。別人格の感情が、波動としてテツを揺さぶっているのだった。

訣別（一九六九）

ハルコと、なぜ別れなければならないのか。正直なところ、テツ自身よく解ってはいなかった。というより、キチンと頭が整理されていたわけではない。

ただ、気がついたとき、

「別れよう」

と、テツはハルコに宣言していた。

デパートの屋上。暮れなずむ市街を見下ろしながら、別れるべきだ、とテツは思った。ハルコは、テツのそんな言葉など、まったく予期してはいなかったのだろう。

「えっ」

と、絶句したまま、ゆっくりと首をかしげ、テツの目を覗《のぞ》き込んだ。

「ごめんよ」

と、テツはすまなそうに言った。

「うん、いいよ」

ハルコはムリに微笑み、横を向いた。

横を向きながら、その一秒の何分の一かのあいだに、ハルコの瞳には涙があふれ、そして頬《ほお》にこぼれた。

こぼれたときには、屋上のカナアミを通して、遠くの夕陽を見つめていた。

ハルコは、明るく眩《まぶ》しい世界にいた。そしてテツは、暗く、ガサガサとした日常の中にいた。

（オレは、ハルコの世界に負けたのだ）

テツは、そのときすでに、組織の人間ではなかった。

――挫折。

といえば、文学的な美しい響きがある。

しかし、現実は、そんなに美しくも、また厳しいものでもなかった。

どちらかといえば、アッケラカンとした、何ということもない無気力と怠惰と徒労感が、いまのテツのすべてだった。

組織を離れ、闘争から逃げ、足を洗ったのなら、いまさらハルコと別れる理由など、何もないはずであった。

ハルコの待つ明るく楽しい市民社会へ、心の持ち方ひとつで復帰できるはずであった。

テツのその日を、ハルコはずっと待ち続けていたのではなかったか。

「テッちゃんは、学生のうちに死んじゃうんだもんね」

ハルコのクチぐせだった。

テツが革命運動に生命をかけると言い切っていたころ、いっしょに酒を呑むと、彼女はよく、そう言ってテツの目を覗き込んだ。

ふだんのテツは、新宿西口のしょんべん横丁か大学裏の安酒場で二級酒しか呑まないのだが、ハルコと逢うときだけは、ホテルのラウンジだとか、夜景のきれいな展望レストランのようなところで、上等の酒を呑む。

勘定はすべてハルコ持ちだったからだ。

二人の生活は、まるで違っていた。

しかし、愛は革命なのだと、テツは思っていた。

その「革命」が、テツの中から消えてしまった。


電話のベルが鳴っていた。

いまが何時なのか、テツの部屋からは分からない。なにせ、ボロアパートの部屋には、窓というものがない。

寝る前は、朝だった。

徹夜でドストエフスキーを読み、新聞配達や牛乳屋の自転車の音とか、いつもの朝の音を聞きながら、テツは寝床にもぐり込んだはずだった。

受話器をとった。

「テツか?」

押し殺したような、先輩活動家の声だった。

党が分裂する……?

電話は、内ゲバへのお誘いであった。

あす朝七時、Ｍ大学Ｗ校舎、Ａ号棟に集合。

（やはり、あれは分派活動だったのか……）

先日の集会で、関西の学生たちが配っていたビラに、見慣れぬタイトルがついていた……。

しかし、テツのような下級党員に、上層部の路線論争など伝わってはこなかった。

電話が、再び鳴った。

さっきの先輩とは違う活動家からの電話だった。またしても、内ゲバへのお誘い。

あす朝七時、Ｍ大学Ｗ校舎、Ｅ号棟に集合。

「分かりました」

そう返事をして受話器を置いたとき、テツの中で、何かがガラガラと音をたてて崩れていた。

片やＡ号棟に集合で、もう一方はＥ号棟。

（オレは、いったいどっちへ行けばいいんだ？）

しかし、テツは笑ってしまった。

（オレって、何だったの？）

外へ出ると、すでに夜であった。朝から晩まで、よく眠っていたらしい。

なじみの定食屋で二人前たいらげると、酒屋で安ウイスキーを二本買って、部屋へ戻った。

すべてがバカバカしく思えていた。自分自身が腹立たしくもあった。

独りで、ウイスキーを呑んだ。呑んだというより、流し込んだ。氷も水も必要なかった。コップについでは、流し込んだ。

いつのまにか、涙が頬をぬらしていた。

気分が悪くなると、階下の共同トイレへ降りて、吐いた。

顔を洗ってうがいをして、四畳半の部屋へ戻って、また呑んだ。

そしていつしか、万年床へもぐり込み、眠っていた。

次の日。テツは朝からパチンコ屋へ行った。チンジャラの騒音の中で、一日を過ごした。

銀色の玉はたくさん出たけれど、また機械の中へ吸い込まれていった。

夜。いつもの定食屋で飯を食いながら、夕刊を見た。朝の内ゲバが、けっこう大きな記事になっていた。

『B派、分裂か?――M大で内ゲバ』

テツには、もうどうでもいい世界の出来事であった。

ハルコは、カナアミを見つめていた。

（このまま、このカナアミをよじ登って、ハルコは身を投げるかもしれない……）

彼女には、何の責任もないはずであった。それなのに、テツは彼女に別れを告げた。告げたというより、それは突然の宣告であった。

それなのに、勝ち気なハルコは、

「なぜ?」

とも訊《き》こうとはしなかった。

デパートの屋上から降り、駅前で別れたときも、ハルコはいつもの自然さを保とうと努力していた。

「じゃ」

「うん、元気でね」

手をひかえめに振って、サッと後ろ姿を見せて小走りに行く彼女の背中に、テツは彼女の悲しみを見た。

その背中は、やっぱり泣いていたのだ。

電車に揺られ、ドアにもたれて外を見ながら、テツは、ハルコが死んだら……と考えていた。

万にひとつも、そんな可能性はないと知りつつ、もし、これで、つまりテツと別れたことを苦にして彼女が自殺でもしたら……。

(オレは、死ななければならない)

それだけの責任はある、とテツは覚悟していた。

党(セクト)を捨てた以上、テツには、この市民社会で一般的な享楽的な生活も許されるはずであった。

ただの一般学生として、マージャンとコンパとナンパの生活を、楽しむ権利が生じたはずであった。

明るく快活なハルコとつきあいながら、無邪気な学生生活を送ることができるはず、であった。

しかし、テツは、激しい闘争の日々と同時に、ハルコとの愛の日々も捨てるべきだと、かたくなに思ってしまったのだ。

（すべてを、捨てたいのだ）

あとに残ったのは、無気力で怠惰で無目的な、鬱屈《うっくつ》した学生生活だった。

その後も、党（セクト）からの働きかけがなかったわけではない。

二つに割れた党の、その両方から、あの手この手の誘いはあった。しかし、テツの心は二度と燃え上がることはなかった。

クラスメイトは、そんなテツを、けっこうあったかく迎えてくれたような気がする。

神宮球場へ、秩父宮ラグビー場へ、雀荘《ジャンそう》へ。それなりの明るい学生生活に慣れるよう、友人たちは気を使ってくれていた。

同じ道なのに、陽の当たる片側と、日陰になる片側とでは、見える世界がまるで違っていることを、テツは遅ればせながら知った。
つねに官憲の目を気にする警戒心も、もはや不要のはずであった。しかし、もっとも多感な時期に植えつけられた習慣は、容易に忘れることはできなかった。警官やパトカーの姿を見かけると、なぜか体が硬くなるのを、テツは苦笑でまぎらわせた。執行猶予が切れるまで、この警戒心だけは持っていたほうがいいかもしれない、と自分を慰めるテツであった。

しかし、人間は慣れる動物であるらしかった。テツはふつうに大学を卒業し、そして、就職した。一部上場企業や官公庁に吸い込まれていくクラスメイトとは違い、テツの場合ちょっと毛色の変わった職場ではあったが、テツ自身は満足していた。いくつか、学科をパスして面接まで進んだ大手出版社もあったのだが、テツはそこまでで満足した。身上調査がかかれば、必ず引っかかることは火を見るよりも明らかであったからだ。就職試験を目標にした「就職予備試験」で、学部トップの成績をとったことも、テツに自信を与えていた。

（要は、社会にもぐり込むことだ）

（あとは、実力勝負なのだから）

そんな思いの一方で、テツの心の片隅には、それを否定するマイナスの心理がぬぐい切れずに残ってはいた。

（オレは、『革命』を裏切ったのだ！）

大教室に戻って居眠りをしていても、学食でランチを食べていても、クラスコンパで酒を呑んでいても、そこにいるテツは、本来のテツではなかった。むき出しの感情と感性をさらけ出す若さが、テツからは失われていたのだ。

オブラートが一枚。

感覚的にはそんな差である。その一枚分、テツはまだ本然の自分を生きてはいない。そんな自覚が、テツにはあった。

しかし、人間は何事にも慣れる動物であるようだった。コピーライターの名刺を持ち、広告の文案づくりで生活するようになると、テツの精神は解放された。いや、相変わらずオブラート一枚分の冷めた部分が残ってはいたが、市民社会は他人のそんな微妙なこだわりを気にするほどヒマではなかったのだ。

この忙しい広告業界で、テツは、まるで水を得たメダカのように、泳ぎはじめていた。思想信条は、誰も問わなかった。むしろ、自分自身のそうした生き方を捨て、クライアント企業の、あるいは商品の生き方を多角的合理的誇張的に考えることが、コピーライターの仕事であった。

コピーライターとは、忍者であった。黒子であった。少なくともテツは、そう信じた。コピーライターは、作家ではない。自分の名前を売るのが目的ではない。クライアントの商品、企業名、そのイメージを売ることこそ、コピーライターの本務であるべきだ。

そんなテツを見て、プロダクションの同僚たちは「無欲な人」と称した。

テツは、グチを言わなかった。上司や営業マンやクライアントの悪口を言わなかった。実際、テツにとっては、仕事をこなすのが最高の喜びであったのだ。

そんなテツを、同僚たちは頼もしげに眺めてはくれたが、ある種の気味悪さのようなものも感じていたのかもしれない。テツに対して直接そう言う者は、一人もいなかったが。

しかし、一週間全力を傾けて絞り出したアイデアが社内の会議で通らなくても、テツは怒りを感じなかった。

コンペ（制作競合）に負けてほかの代理店やプロダクションに仕事をとられても、テツは一切言いわけをしなかった。

同年配のライターが賞を取っても、テツは別に嫉妬は感じなかった。

後輩がテツより出世しても、ヘッドハンティングで大手代理店に移って行っても、テツは不思議と焦りや嫉妬を感じたことがなかったのだ。

あえて、妬み心を感じる心情を、テツは抑えていたのだろうか。

（どうせ自分とは関係のない、平和で安全な人たちのことだ）

と、身を引いて考えていたのだろうか。

はじめは、確かに斜《しゃ》に構えていたような気がする。

——世を忍ぶ仮の姿。

いまの自分が、借りてきた猫のような存在である、とテツは自認していたのかもしれない。

——板子一枚下は地獄よ。

日々、生命《いのち》をかける漁師たちのセリフを、テツは独り口にすることもあった。

いいかげん（一九七四）

この平和な日々が、何かが起きるまでのつかのまの平穏であると、テツの心の奥深くで、いつまでもささやく声があったのかもしれない。

日常の事件にも……それが一般のクリエイターや社員にとっていかに重要なことであろうと、テツは動じなかった。

オブラート一枚の感覚の鈍さを通して、テツはすべての事象を感じていた。

（そうか、ふつうの人間は、こんなとき、こんなふうに思うのか。そして、こんなふうに反応するのか——）

ある種冷《さ》めた目で、テツは同僚たちを見ていた。

——リハビリテーション。

まさに、テツにとっての毎日は、市民社会へ復帰するためのリハビリであった。

（一日も早く、忘れることだ）

そう明確に意識していたかどうか、テツ自身にも解らなかった。しかし、この生活に溶け込むことが、いまは最善の方法なのだ、とテツは思っていたような気がする。

何も考えずに、自分とは本来無縁のものに没頭する。テツにとって、自分を忘れられることは、じつは幸せなことであったのだ。

だから、いくら仕事を押し込まれても文句や不平は言わなかった。だから、余計に仕事は増えてゆく。仕事量、すなわち信頼度に比例して、それなりに給料も上がってゆく。テツにとって、不平のタネは何もなかったのだ。

しかし、そうは言っても、何も思い出さないといえば、やっぱり嘘であった。ヘルメットを割られ、血だらけになりながら、ゲバ棒にすがって立つ自分の姿。サーチライトに浮かび上がるその姿が、いまだに脳裏をよぎることがある。同時に、何のくったくもなくテツの目を覗き込むハルコの切れ長の大きな目が、テツに微笑みかけてもくる。

真夜中のデザイン事務所。テツのデスクだけが、ポツンと光の中に浮いている。

十二時ごろまでつきあってくれていた営業マンも、缶コーヒーを二つ置いて帰っていった。

そんな夜、テツには、あの恐怖感が思い出されるのだ。というと、いまもこわいようだが、そうではない。

（あの恐怖感は、いったい何だったのだろう）

心の奥が、震えるような、おびえるような、あのころの恐怖感。

あの時代に、つねにテツの中にあり、そしていまは、まったく消えてしまった感覚。ただの臆病風、だとは思えない。

緊張感——かもしれなかったが、のべつまくなしに緊張していたはずもない。

警告……？

あのころ、テツの心の奥の何かが、つねに、ある信号を送ってくれていたのではなかったか？

しかし、それを認めることは、テツにとって、自分の青春のすべてを否定することであった。できることなら、そんなマネはしたくなかった。

テツの感情が、赤ん坊のようにイヤイヤをしていた。理屈では解っても、感情はダダをこねていたのだ。

深夜の窓ガラスは、ポッンと点いたゼットライトの灯りを、淋しく反射していた。

(オレは、ハルコにはふさわしくない男だったのだ。……オレは、彼女に値しない)

生命をかけるものがあったとき、ハルコはテツにふさわしい女性であった。精神も肉体も、何のこだわりもなくスクスクと育った健全な女性。それは、テツに生命をかけるものがって、はじめて均衡のとれる関係であった。

しかし、五年前のある時点で、テツは日和《ひよ》った。テツは逃げた。それまでの、すべてを捨てた。そのとき、テツの中にはなにもなかった。徒労感にまとわりつかれた、ただの空虚だけが、テツには残された。

(いまのオレは、彼女に値しない)

あのとき、テツはそう感じたのかもしれなかった。あのときは、うまく言葉で言えなかったが、あえて言葉にすれば、そういうことだったのかもしれない。

テツは、デスクの上に散らばっていた食品関係の資料を片づけた。夜の十時ごろ、クライアントの会議室から電話をしてきて、テツが今夜オフィスにいることを確かめてからタクシーで乗りつけた営業マン。

その男が、

「あすの朝まで。とにかくコピーにしてよ」

と言って置いていった仕事だ。

キャッチとボディのセットを十本。

テツはそれを三時間ほどでやり終えて、次は本番の化粧品のコピーだった。

これはロングレンジの、社としてもメインの仕事だった。

化粧品会社の夏のキャンペーン。

毎日のように行われる方向性をさぐる会議。その会議で出てきた方向性のアイデアを、テツは毎晩コピーに置きかえてゆく。

テーマコピーとして採用されるのは、当然のことだが、たったひとつ。しかし、それまでに何百、何千のキャッチフレーズが、毎晩のように生まれては二、三日の生命で消えてゆく。

コピーは手で書くものだ。

と、そのときのテツは思っていた。頭で考えるより、手を動かしているほうが、いいフレーズが生まれてくる。

原稿用紙一枚に、キャッチフレーズを十本ずつ、行を替えて書いてゆく。その原稿用紙が十枚、二十枚とたまるころ、不意に、

「これだ!」

と思えるフレーズが書ける。

あるいは、その日に書いたものをパラパラと読んでいると、途中にキラリと光る一行が見つかったりもする。

「あれ、こんなフレーズ、書いたっけ?」

自分でも、どんな意図で、どんな発想で書いたのか思い出せないフレーズが見つかって、驚くこともある。

それがうれしくて、とにかく手を動かしているのかもしれなかった。

やがて十年もすれば、テツは

「コピーは腹で書くものだ」

と思うようになるのだが、まだ駈《か》け出しのころは、ただただ体力にまかせて書いていたのだ。

――どんなコピーが、いいコピーなのか。

確かに、理論的にはあれこれあるようだったが、日本の広告業界の場合、その基準はきわめて曖昧《あいまい》だった。

そして、その曖昧さは、クリエイティブの世界にとどまるものではなかった。会社の社員評価にも、社外のフリーの人間に対するギャランティにも、確たる基準は存在していない。さらに、仕事のしかたも、広告会社の運営も「いいかげん」というか、すべてが暗黙の了解に基づく「よい加減」を基準に動いているようであった。

（この曖昧さは、日本という国のあらゆるシーンに見られるものではないのか――）

テツは、いつしかそう思うようになっていた。

社会は繁栄を謳歌《おうか》していたが、その金銭感覚のマヒとともに、あらゆる社会的基準が曖昧に崩されて行く現象のまっただなかに、いまの日本はあるような気がしていた。

それはテツの思い過ごしかもしれなかった。テツの中の絶対的価値観が崩壊し、その精神が極めて不安定な状態の中に置かれていることが、テツにそんな思いを抱《いだ》かせているのかもしれなかった。

唯物史観、というか階級闘争史観は、歴史のすべてを「階級」という視点から見つめていた。社会的生産構造の変遷と、それにまつわる人間の動き——階級と階級の相克という解釈で、すべてがブッタ斬られていた。

それは、一面的に過ぎるきらいもあったが、小気味よさを感じさせる論理の徹底ぶりではあった。そして、その論理に合わない部分は、生産性や階級の未成熟、闘争の不徹底として片づけられていた。あびせ倒し、というか、ゴリ押し、というか、多少のムリは見ぬフリをして、まさに一刀両断の世界観であった。

しかし、この世界観は、すでにテツの中で崩壊していた。いや、現実の世界が、この世界観を完膚《かんぷ》なきまでに否定していた。

では、いったいこの世の中は、いかなる世界観によって成り立っているのか。この社会は、どんな価値観を基準に動いているのか。人は、いかなる価値尺度に基づいて生きているのか。

清く正しく美しく――という日本人の質実な生き方は、高度経済成長とともに消えてしまった。セックスに対する社会的なタブーは、すでに存在しないかのようである。そして、出世コースに乗ったエリート・ビジネスマンが、「会社のため」という価値観追求のあまり、平気で犯罪を犯している。

家庭から父権は失われ、親は子に対して、何を教えればよいのか……言葉を、いやその実体を見失っている。独り教員の組合だけが、唯物史観にのっとった反文部省的スローガンを掲げ続けている。この明らかに時代遅れな世界観は、すでに現実との亀裂《きれつ》を埋めきれず、教育の現場は荒れるにまかせている観がある。一部マスコミも、相変わらずこの世界観を死守しているが、はっきり言って何を基準にしているのか――国民には見えてこない。

教師は、いったい生徒に何を教えればよいのか。マスコミは、世界の情報をどんな基準で峻別しているのか——。

「こだわり」——という言葉が流行していた。生活へのこだわり。ファッションへのこだわり。ブランドへのこだわり。食へのこだわり。音楽へのこだわり。そして、自分へのこだわり——。

「なんでこんなコピーになっちゃうわけ?」

「わたしとしてはですねェ、このフレーズにこだわりたいんですよ、どーしても」

基準も根拠も希薄なものに対して、人は好きか嫌いか、気分がいいか悪いか、そんなことにこだわることでしか、モノゴトを決められなくなっているのかもしれなかった。

そうした曖昧さを最大限に利用しているのが、広告業界なのではないか——と、テツは思っていた。いや、テツの社に、そう思わせる「こだわり人間」が多くいただけのことかもしれなかったが。

深夜スナックでカレーを食べたあと、そのスプーンを曲げてしまう男がいた。

「ね、テツさん、ちょっと見てて」

と、テツの目の前で、そのコピーライターの男はスプーンを指でこすりはじめる。

と、二十秒もしないうちに、そのスプーンは
——グニャーッ！

と曲がってゆく。

「テツさんにもできると思いますよ。ただイメージすればいいんです。曲がると思えばいいんです」

と、べつにやりたくもないテツにまですすめる。

「それより、その曲がっちまったスプーン、どうすんだよ。店に怒られるぜ。モトに戻せるんだろうな」

「それが、モトには戻せなくって……」

と言いながら、男はさらに曲がった部分をこすり続け、とうとう二ツ折にしてしまう。

「こうしちゃいましょ」

胸のポケットにスルリと落とし込む。——なんてことが、ちっとも不思議だと思

えない連中が、テツの社には集まっていたのだ。

世の中には、解らないことがたくさんある。科学が解明し得ないことが、まだまだ存在するのだ。

しかし……この現代という社会は、いったいいかなる尺度を持ち、いかなる方向性をもって運営されているのだろう。世の政治家たちは、一国のリーダーたちは、いかなる判断基準をもって国家を動かしているのか。

人びとの勝手な思いつきを寄せ集め、その多数派の意見のままに、世の中は動いているのではない、はずだ。この世界は、そんないいかげんなものではないはずだ。

(そこには、必ず、何か真実があるはずだ)

世界を動かす真実とは何か。社会を律し、発展させる真実の道とは何か。人生の真実とは何なのか。市民社会の底の深さ、奥行きの広さと、テツは格闘をはじめたのかもしれなかった。

一面的ではない、多面的な何か。薄っぺらではない、重層的な何か。単一的ではない、複合的な何か……。

新世界観（一九九四）

そもそもは、テツのグラスが破裂したことがキッカケだった。

ナツキの店。午前二時ごろだったろうか。珍しく店にはテツとナツキの二人だけ。手伝いのヨーコが風邪をひいて休んでいたので、店の灯りもおとして二人でゆっくり呑んでいたのだ。

そのとき、ガラスのテーブルに置いていたテツの水割りグラスが、突然、

——パーン！

という破裂音とともに、爆発したのだ。

そう。まさに爆発とでも言いたくなる見事な割れ方だった。グラスは、底の厚い部分を残して、すべて粉々に砕け散っていた。

ところが、ナツキはさほど驚かない。

「よくあるのよね、最近」

とか何とか言いながら、ダスターでガラスの破片を集めている。

「よくあるって、いったいどーしたわけ?」

テツは、自分のズボンから氷やガラス片をそっと振り落としながら、全然ガテンがいっていない。

「わたしたちさあ、いま、霊的な話、してたでしょ?」

「ああ、そうかも」

「そうするとね。ここらへんにいる霊がイタズラするのよ」

「霊のイタズラ?」

「そう。このあいだなんか、棚のボトルが三本も飛び出してきたんだから……」

「おいおい、物騒な店だねェ」

ナツキがキッチンに入ったスキに、テツは、テツの中の別人格に話しかけた。

(おい、いまの、霊のしわざだって。おまえさん、見えた?)

《うむ。ただの酔っ払いの霊どもじゃ。いまは、ワシの存在に気づいて、壁のカゲに隠れちょらァ》

ナッキが、新しいグラスを持って戻ってきた。

「ナッキは霊の存在って、信じてるわけだ？」

「信じるも信じないも、霊はいるわよ。その証明のために、ときどきワルサするんだから。テッさんだって、いま見たじゃない」

新しくつくった水割りを、テッの前に置く。

「テッさん、テレビ見ない人？」

「そうね。そう言えば、あんまり……」

「それでよくCMの仕事つとまるわね。世の中から遅れちゃうわよ」

「いや、オレだって、霊の存在ぐらい知ってるさ」

「ホント？　じゃあ、最近テレビによく出る霊能者のL子さんって知ってる？」

「いや。何する人？」

「そりゃいろいろ見える人らしいんだけどね。たとえば有名人のおうちの中に何が置いてあるか、どんなおうちか、スタジオにいながらみんな当てちゃうのよ」

「なんだ。そんなことか。そんなの、悪霊《あくれい》さんが憑《つ》いてれば簡単なことじゃん！」

「エッ？　どうして？」

「だって、霊ってのは瞬間移動できるわけだろ？　その有名人の家とその……L子さんだっけ？　その人の中と、何回か行ったり来たりすれば、何でも当てられるだろ」

「へーッ、テツさんて、意外とやるじゃない」

ナツキの目が、キラキラと輝いてきた。

「なんでも訊いてよ」

《図に乗るでない！》

テツの中で、別人格の舌打ちが聞こえていた。

「わたしもね、コックリさんからはじまってダウジングとか、よくやってたのよね」

「……？　……」

「でもね。そんな低級霊と遊んでたってしょうがない、って最近わかったのよ」

「へエー、じゃ、最近は高級霊と遊んでるわけ？」

わけも解らず相槌《あいづち》を打つテツ。

別人格の舌打ち、再び。

「もうーッ。そんな大それたこと……。わたしはまず、自分の守護霊さまとお話できるようになりたいのよ」

「その守護霊っ、何者？　背後霊か？」

「あのねェ。守護霊さまはね、本人をいつも守ってくださる存在なの。背後霊っていうのはね、地上で迷ってる霊とか地獄霊とかの憑依《ひょうい》現象のこと。解った？」

「このあいだテレビでチラッと見たんだけど、芸能人のタケルの守護霊って、彼の死んだおばあちゃんだって？」

「おばあちゃんの好きなアンコロモチをお供えしなさいって話ね？」

「そうそう、ナツキも観てたんだ」

「あれは違うわよね、ゼーンゼン。だいいち、おばあちゃんが自分の守護霊だなんてあり得ないし、アンコロモチをほしがる守護霊なんているはずないしね」

「それじゃ、あのテレビの話はウソ？」

「ほんとにおばあちゃんが見えたんなら、それは不成仏霊ね。迷ってるのか、地獄にいるのかは解んないけど……。それに、アンコロモチじゃ成仏できないわね」

「なんで守護霊じゃないって言い切れるんだ?」

「そもそも守護霊ってサ、自分の分身なの。人間てサ、地上に生まれてくるときにサ、いままでの記憶ぜんぶ消えちゃうでしょ?」

「うん。まあ」

「だからお守り役が一人つくわけ。これが守護霊さま。解った?」

「ああ。なんとなく……ところで、アンコロモチじゃ成仏できないってのは、なんで?」

「あのサァ、地獄に堕《お》ちたり地上で迷ってたりするのは執着があるからなの。そりゃいろんな執着があるんだろうけど、それを反省しないと天国へは上がれないのよ」

「アンコロモチが好きだってのは、まさにその執着のひとつだな」

「そう。簡単に言うとね。……インスピレーション、ってあるわよね。テツさんなんか、よく感じるほうじゃない?」

「そりゃあ、こんな商売やってりゃあ、勘とか思いつきは大事にしてるほうだとは思うけど？」

「じつは、それなのよね」

「ん？」

「よく虫のしらせとか、第六感とか言うわよね。要するに、インスピレーション。あれって守護霊さまから送られてくる通信の場合もあるのよ」

「へーエ、そうだったの？　知らんかったなあ。で、そのインスピレーションを受けやすくするには、どーすればいいんだ？」

「そうね。まず自分の良心に正直になることね」

「おいおい、両親の言いつけを守れってか？」

「チャカさないの。テツさん、ここが大事なところよ。ここを外すから、みんな変な方向へ走っちゃうんだから」

「オーケー。良心ね。良心に正直に生きるってことだな？」

「うん」

懐かしいことを聞く、とテツは思った。良心などという言葉、ここ何十年も忘れていた言葉であった。

「良心に照らして」とか「良心に訊いてみなさい」とか、遥か昔、小学生のころによく言われた言葉だ。

「テツさん、テツさんは自分の良心に嘘つける？」

「ん？」

嘘もつけるし、ゴマかしたりもできる……が、良心はその嘘、そのゴマかしを決して忘れない。いつまでも心の底に残る……イヤーな感じ。

そう。確かに自分にも良心があった。良心に従って生きるべきだと、純粋に考えていたテツが、かつて確かに存在した。

しかし、長ずるに従って、その良心もホコリをかぶり……そうだ。良心と勇気とは関係があったような気がする。勇気がなかったばかりに、良心を曇らせた数かずの幼い事件。

「そうか。確かに良心ってやつは、自分の思いや行動を、一つひとつチェックしてくれていたのかもしれないな……」

その正しさの尺度が、やがてカッコよさとか、成績とか、流行とか、異性への興味とか、人の目とか……さまざまなものによって曇らされ、その曇ってしまったいかげんな尺度を持つことが、大人になった証拠だと言われ……。

「そうよ。テツさん。人間てね、何が正しくて何が間違ってるのか、ほんとうは誰に訊かなくても、知ってるのよ。幼児期の環境も多少は影響するらしいけど、基本的には、素直になろうと努力さえすれば、自然と解るようになってるの」

「そうか。そうかもしれねえな」

「その良心を通して、守護霊さまは語りかけてくれるわ。インスピレーションを、どんどん送ってくださるわ」

テツの心の中で、何かがうずいていた。まさしくテツの青春時代が、うずいていた。

（あれは、あの恐怖は、守護霊のインスピレーションだったのか？　世のため人のため――そう思ってスタートした活動が、いつのまにかオレの良心を曇らせ、自暴自棄的な活動のうずの中に、自らを没入させてしまったから……）

《ほにほに。そうやったかもしれん、な》

（おいおい、いまは出番じゃないぜ）
電話のベルが鳴り、ナツキは席を立った。
（フーッ。いまの守護霊の話、ホントなのか？）
《守護霊と申すは、魂の兄弟のこと、じゃという》
（魂の兄弟？　何のこっちゃい。魂にも親があって、子があって、兄弟があるってか？）
《そこまではワシもよう解らん。が、分身、と申すか、おんなじ本質を持つ兄弟のような……》
（ってことは、魂はみんな双子か？）
《いや、双子やないき。五ツ子、いや、本人を入れれば六ツ子ということになるやもしれん》
（おいおい、ずいぶん多産系だね、魂ってやつは）
《……うむ。そうおちょくりなや。おまんの守護霊も苦り切っちょる》
（えッ？　オレの守護霊？　いま、ここにいるのか？）

《オホン！　ワシにゃ何も言えん》
（何それ。アッハーン、おまえさん、オレの守護霊を追い出して、オレに居ついてやがるんだ！）
《いや、うむ。現象的には似ちょるが、ちくと違うきに。おまんの守護霊どのには、ちゃあんと話を通しちょる》
（エーッ、何それ。オレ聞いてないぜ）
《おまんには言うても解らん、と守護霊どのは申しちょる》
（何でよ。何でも言ってくれりゃ、オレだって、こんなに苦労しなくてもすむだろうに）
《おまんの心は、まだまだ、だいぶ曇っちょる》
（てやんでえ。オレさまの心は秋空のようにスッキリと晴れわたってらあ）
《まあよい。とにかく誰かが、この世に生をうけると、その魂の兄弟の一人が必ず守り役としてつく》
（それって憑く？　……つまり憑依するってことか？）

《いやいや、そういう意味やない。憑依とは地獄の霊や迷っちょる霊が、この世で生きておる者《もん》の心を占拠し、支配することを申す》
（で、この場合は？）
《守護霊とは、天上界の存在である。天上界の霊が地上の者と同通するんであるから、これは指導である》
（へえー、なんだか苦しい言いわけのような……）
《いや、あいすまぬ。ワシもまだ、そのへんの学びは浅いきに》
（とにかく、おまえさんにはオレの守護霊が見えてるってわけだな？）
《ほにほに……まっこと》
（それって誰？　どんなやつ？）
《うむ。誰……といわれても、申すわけにはいかん。ただ……》
（ただ……？）
《うむ。おまんそっくりの男、ではある》
（なにそれ？　やっぱ双子じゃん？）

《……つまり、何と申せば……うむ、魂の兄弟とはな、いわばおんなじ魂なんじゃ。いや、けんど、おまん、人間が何度も何度も生まれ変わっちょること、すでに解っておろうが？》
（まあ、なんとなく）
《おまんの守護霊とはのう、いわば前回生まれたおまんのことじゃ》
（ん？　……それじゃ、前回のオレって誰サ？　いつごろ生まれてたのサ）
《まあ、それはだな……》
（言えねえってか？）
《うむ。いかにもじゃ》
（まあ、なんかワケアリなんだろうから、かんべんしてやるけど。その守護霊ってサ、具体的には何をしてくれるわけ？）
《それは、さまざまなことを、本人のためにいたしちょる》
（たとえば？）
《たとえば……地上の分身が、つまりおまんが危険な目に遭《あ》いそうなときにはじ

ゃ、ほかの何かに注意を引いて危険から身を遠ざけてくれたり……そうじゃ。たとえば、おまんがあるおなごに惚《ほ》れたとする》
（おう。そんなとき仲をとりもってくれるってか？）
《いかにも》
（ほんとかよ！）
《そのやり方は、この世的なものではない。相手のおなごの守護霊に働きかけ、なんとか愛が実るよう……》
（そんなワザ、使ってくれてんの？）
《ワザやないき。いや、霊的なワザと言えんこともないが……。とにかくじゃ、おまんが困っちょるときは、上で何かと駈けずり回ってのう、いろいろと助けてくれよるがじゃ！》
そういえば——とテツは思った。
まさにラストチャンスだった大学入試。テツは、最後の一校にかろうじて引っかかった。しかも、それ以前に落ちていた大学より、ずいぶん程度の高い大学に受かったのだ。さして勉強もせず、半分フテくされていたのに。

就職にしても、ラストチャンスであった。すべてをあきらめ、覚悟したあと、「念のため」と思って受けた広告プロダクションであった。

ひょっとしたら……あれも？　二十数年前の、悪夢のようなゲバルト闘争。サーチライトの陰へテツを導き、介抱してくれた見知らぬ学生――ヨシオカ。

その後、テツは小学校時代のアルバムをはじめ、あらゆる名簿を引っくり返してみたが、ヨシオカという名前は見つからなかった。

（彼は、いったい誰だったのか……？）

ナツキが、新しいロックグラスを二つ手にして、テツの隣りに戻ってきた。大きな丸い氷が窮屈そうに入っている。

「これ、開けるね」

バランタイン・セブンティーンのニューボトルだ。

「きょう、こうしてテツさんと二人きりになれたのも、守護霊さまのお導きかもね」

「ああ。オレも、なんか不思議な気分になってきたよ。なんか、ずーっと、何十年も前から考えてきたことが……よく解らなかったことが、スーッと、自然に胸に落ちるっていうか、なんか生まれ変わったような、アハッ。こんな歳になってからじゃ、おかしいやねェ」

「ううん。そんなことない」

別人格とナツキのおかげで、いままでまったく見えていなかった世界が、見えはじめた。

（新しい真実の世界が、いま、オレを変えようとしている……？）

かつての疑問が、何十年かの人生で解けなかった難問の数かずが、ようやく解けようとしていた。

正義

すこし、落ち着いた日々が続いた。といっても、あの別人格がテツの心から出て行ってくれたわけではない。

それでもテツの肝臓の弱り具合を心配して、というか、元来この別人格は酒には弱いらしく、こんなことを言う。

《ワシは下戸《げこ》であるゆえ、おぬしが呑んだ酒はすべておぬしの体で処理されることになる。ワシは、いささかも手助けすることはできぬ。従って、あまり酔われても困るのじゃ。いざというとき、ワシの意思どおりに動いてくれねばのう》

なんとも心細いのだ。

しかし、テレビ画面からも情報を得られることが分かったので、最近はもっぱらビデオ鑑賞にいそしんでいた。

テツはレンタルビデオショップから記録映画やらニュースフィルムやらを借り出

し、毎晩、遅くまで別人格につきあっていたのだ。

ところが、この作業も、いちおう昼の仕事を持つテツにとっては、けっこうキツイものがあった。

ソファに足を投げ出して、ビールなど呑みながら観ていると、ついつい居眠りが出てしまうのだ。しかし、テツが目をつぶってしまっては、別人格は画面をチェックすることができない。

そのたびに、まるで平手で頭を叩かれるように、

——ビシーッ！

とやられる。

これが物理的なパワーのようであり、電流のようでもあり、バカにならない衝撃なのだ。

（おいおい。ちょっと手加減してくれよ。オレ、心臓あんまり強くないんだからさ。感電死しちまったら、どうすんのよ）

《さような心配はいらぬ。エレキではない。それより、もう過去の古い映像はよ

い。今日的《こんにちてき》な新しい、つまり現在の映像はないかえ?》

(そうだよな。過去のムービーばっかりじゃね。傾向性のようなものはつかめても、即効性はないよね。過去の誰かに憑いてることが分かっても、いま憑いててくれないと意味ねえもんな)

ぶつぶつ言いながら、テツは画面をビデオから現在進行中のテレビに切り換えた。あいにくと、ニュースもドキュメンタリーもやっていない。しかたがないので、クイズ番組にしておいた。

三里塚の戦闘シーン以来、別人格の追い求める相手は、何度かニュース・ビデオに登場していた。

あるときはピストル強盗にダブり、あるときは凶悪な殺人鬼になりすましてもいた。そして、過激派の闘争シーンには、その後も再三出演していた。それは、テツとしてはあまり思い出したくない事件の数かずであった。

学生運動の武装化=軍事化路線のひとつの帰結。先細りと孤立化の行きつく果ての惨状。

権力に追いつめられ、大衆からも見放され、誇大妄想的な観念にとり憑かれ、方途なきエスカレートの道を突き進んだ彼ら。その鬱屈《うっくつ》した精神は内部へ内部へと封じ込められ、疑心暗鬼という魔の跳梁《ちょうりょう》には為《な》す術《すべ》もなく……まさに地獄的な内部崩壊現象であった。

「戦闘訓練」と称した山ごもり。外界と遮断された極限状況における「総括」という名の私刑。そして、山荘を舞台にした銃撃戦。

すべてのモラル、すべてのルールを、ブルジョア的社会体制という秩序を擁護《ようご》するものとして放棄したとき、彼らの心には、ただ荒涼とした原野があるのみであった……。

人間ではなく、獣の心。いや、獣とて守るべきルールを自らのうちに刻印しているのではないだろうか。

嫉妬、自己保身、慢心、孤独、肉欲、憎悪、執念、絶望、排他、独裁……歯止めを知らぬ地獄的想念の現象化。そして、死者の山。

極寒の冬山に、自らの眠るべき穴を掘らされ、殺され、埋められた学生の幾人かを、テツは知っていた。そんなに親しくつきあったわけではなかったが、テツがまだ隊列の先頭を走っていたころ、その同志的結合の中に、彼、彼女らはいた。

（同志的結合？　それはいったい何だ？　思想と行動をともにする者どうしの連帯感？　それは友情か？　人間的な絆《きずな》か？　それとも、互いの傷をなめあう負け犬の同情心か？）

決して不真面目ではなかった、とテツは思う。テツを含めて、当時過激派と呼ばれていたすべての青年たちが、真面目すぎるほどに真面目だった、とテツは思う。しかし——

しかし、ひとつだけ、もっとも大切なものを彼らは欠落させていた。その欠落は、彼らが若年であったがゆえの欠落、では断じてなかった。

彼ら（テツたち）の信奉する思想自体の中に、その欠落はあった。さかのぼれば、十九世紀半ば。マルクスとエンゲルスが「科学的社会主義」を標榜《ひょうぼう》した時点から、その欠落は内在していたのだ。

それは、簡単にいえば、人間は死んでも死なないという「事実」であった。肉体という物質は朽《く》ち果てても、人は死ぬわけではない。この地上世界における肉体的な生は消滅しても、人間の本質的な生は、消滅するどころか、より純化されたカタチ（？）で生きはじめる。

この「事実」を、いま、テツは、別人格の存在によって、体験的に納得しつつあった。

このシンプルな「事実」を、彼らの思想は欠落させていた。

いや。そもそも唯物弁証法、唯物史観というネーミングからも明らかなように、この思想は、その欠落を唯一の党派性として、唯心論に反旗をひるがえしたのだ。

この思想は、人間を物質的にしかとらえなかった。そして、人間の意識は、すべて環境によって規定されるとした。人間の心の持つ豊かな表現力、喜怒哀楽、幸福感……それらのすべてを、環境の産物であるとしたのだ。環境に刺激されて生じる脳細胞の働きにすぎぬ、と断言したのだ。

この極めてシンプルな唯物論は、当時ヘーゲルに代表されていた唯心論を徹底的に批判することから出発した。

かくて、人間の本質を哲学的に追究しようとする者は、すべて「観念論者」というレッテルを貼られた。そして、宗教も人間の思考をマヒさせるアヘンであると極言されたのだ。

しかし、いまとなって考えれば、唯物史観も社会主義も、ひとつの宗教であった。ひとつの見方で世界を斬り、その尺度から外れるものは例外として無視するというやり方は、人びとの素直にモノを見る力を抑制・抑圧し、つまりは理性と思考をマヒさせるアヘンではなかったか——。

いや、このマルクス主義という宗教こそは、人間の正しい信仰心を否定し、人間を堕落させる誤った物質信仰であったのだ。

（本来は、すばらしい資質をもった若者たちだったのに……）

テツの脳裏に浮かぶかつての同志たちは、みな若く、有能であった。その生き生きとした表情が、やがて陰りを帯び、暗く曇ってゆく過程を、テツは見てきた。

冬山での殺人キャンプを指揮し、のちに拘置所で自殺したリーダーは、テツの知るかぎり、口数の少ない、心のやさしい人間であった。三里塚の畑で、独り黙々と土を耕していた彼の姿を、テツは忘れられない。運動自体が、人間を堕落させてゆく。それは、テツにとって耐えられないことであった。考えたくないテーマであった。

すべての社会的活動は、社会に、世の中に、何らかの影響を与える。いや、そもそも影響を与えるために、活動は組織される。

しかし、その活動が社会に悪影響を与えるものであったら、その責任は、いったい誰が、どうとるのか。個々の活動家か？　……その活動を組織したリーダーの責任は、どうなる？

「死」をもって……という責任のとり方は、古来、この国では一般的であった。しかし、いくら自殺しても、魂は死ぬわけではない、らしい。それどころか、人は、何度も何度も生まれ変わり、この世に生まれてくる、らしい。

《と申しても、人は地獄から直接、この世に生まれることはできん！》

（おいおい、突然オレの思考の中に入ってくんなよ）

《あいや、すまん》

（ちょ、ちょっと待てよ。するってえと、責任をとって切腹したやつは、地獄行きかい？）

《いちがいには申せぬが、多くの場合は……》

（そんでもって、地獄から地上に生まれることはない？）

《いかにも》

（じゃ、地獄に行ったやつは永遠に地獄霊か？）

《いや。地獄とは病院のようなもの、とも聞いちょる。生前の行いのすべてを反省し、心直しができたとき、天上界へ還ることができる、と》

（フーン！　地獄は病院ねエ……。でも、あの佐々木……おっと、あのモノホシザオの男なんざ、とても病人には見えなかったけどね）

《病院とは、『たとえ』じゃ。地上で心の使い方を間違うて堕《お》ちた者《もん》、つまり悪霊《あくれい》かて、なに、反省さえできれば退院じゃ。ほんでも積極的に悪さしたり祟《たた》ったり、地上の人の幸福を次から次へと壊すようになると、もはや悪霊《あくりょう》じゃ》

（え、悪レイと悪リョウは違うのかい？）

《違うらしい。さらに悪くなると、悪魔と呼ばれちょる、らしい》
（ヘエー、地獄にも序列があるってか）
《ヤクザにもチンピラと親分がおる》
（サムライにも殿さまとローニンがいるってか？）
《その『たとえ』は違う！》
（冗談だよ。……
それにしても、運動自体が、人間を堕落させる……？　とすれば、その運動って
……根本的に間違ってるわけだろ？）
《……》
（なんとか言ってくれよ）
《個々の人間が、天上界へ還れるか否か、は、生前の行動と心のあり方による》
（それは個人としての人生だろ？）
《まっこと。しかし、この自己責任の原則が基本である》
（組織的な活動の場合は？）

《組織活動の責任は、長たる者が負う》
（リーダーの責任だな）
《けんど、その活動が反仏神《ぶっしん》的なものやったら……》
（ちょっと待って、何それ、反……）
《反・仏神的、つまり、仏や神の思いに反する行動である場合は……》
（ちょっと！　反社会的とか、反政府とか反権力とか……なら解るような気がするんだが）
《反社会・反政府・反権力とは、この世の、しかも一時的な尺度にすぎん》
（……？　……）
《おまん、正義とは何か、解っちょるがか？》
（正義？　おう。社会的正義だろ？　月光仮面……なんて言っても解らねえよな。正義ねえ……いまの日本じゃ死語に近いね）
《正義なき世は、末法《まっぽう》の世》
（正義って、結局は『勝てば官軍』だろ？　選挙だって、数あつめだし……）

《正義とは、勝者の論理でも、多数決の原理でもない。それらは地上的な、移ろいゆく尺度でしかない》

（……？　……）

《正義とは、仏神の思いのこと。反社会とか反政府とか反権力とか、それらは正義ではない。いや、正義のときもそうでないときもある。つねに揺れ動く人間のなりわいにすぎぬ》

（なるほど。で、神や仏が正義だって？）

《いかにも。そして、社会的な組織活動が反・正義的なものである場合、その責任は組織の長にあるとともに、個々の行動においては個人の責任も発生する》

（組織の命令に逆らえない下《した》っ端《ぱ》でも、責任はある？）

《うむ。いくら上の命《めい》であるとはいえ、その行為自体が不正義なものであれば、その実行者個人の責任も生ずる》

（それって、ちょっとムゴくない？）

《原則は、変わらん》

（浮かばれねえな、それじゃあ……）

テツの脳裏に、何人かの若者男女の面影《おもかげ》がよぎった。

困ったような、すがるような、マサキの顔も、浮かんで消えた。

しかし、唯物論的な世界観は、なにも一部の学生の専売特許だったわけではない。

当時は、文化人とかインテリとかいわれた多くの学者たち、有識者たち、そして一部新聞マスコミの共通認識であり、世界観であったのだ。世の中の全部とはいわないが、半分くらい、いや、半分に迫ろうとする人びとのコモンセンスであったのだ。

実際、世界の半分は社会主義を掲げていた。そして、むしろそっちの側（マルクス主義）が、「進歩的」とされていたのである。

さすがに、テツたち学生は、すでに存在する社会主義国家をストレートに受け入れていたわけではない。彼らの誤った国家運営をはじめ、その国家を守るために他国の共産主義運動を利用するだけの国際共産主義運動に対しては、大いなる疑問符とアンチの旗を掲げてはいた。

しかし、そうは言っても、何十年か経てば十把《じっぱ》一絡《ひとからげ》、というわけか？

時代は、歴史は、個々の若者の原初的な「志《こころざし》」や決意などにはおかまいなく、それらを激流のように流し去ってしまうのか？
《いや。そうとばかりは申せぬ》
（だって、さっきあんた、そう言わなかったか？　命令されたほうにも自己責任があるって……）
《いかにも。その行為について責任はとらんといかん。けんど、その者の『志』まで否定するもんじゃないき！》
（ん？　……）
《社会的な組織活動の場合、『志』と結果が相反するものとなることなど、珍しいことやない。政治とは、いつの世もまっすぐにはいかぬもの。なぜなら、地上における政治とは、往々にして妥協の産物であるからじゃ》
（ということは、結果的にひどいことになっても、『志』がよければ救われるってことか？）
《救われるか否か、天上界へ還れるか否かは、地上での全生活、全行動、全思考、

全心情の総合判断となる》
（それは、エンマさまか誰かが判定するって？）
《基本的には、自らの判断じゃ》
（えーッ！　それじゃ地獄へ堕ちるヤツなんているわきゃねえだろ？）
《ところが、そうでもないらしい。堕ちるべき者《もん》は、そのおおかたが自ら堕ちてゆくと聞いちょる》
（？　……）
《それが天上界、あの世、ということじゃ。自分にも人にも嘘はつけぬ》
志《こころざし》――それは、この世の中を変革し、人間が人間らしく生きられるユートピア社会をつくること。当時の若者たちの思いは、政治活動の出発点は、みな同じようなものだったろう。
それが、ひとつの組織となり、権力にぶつかり、はね返され、分裂し、……そうこうするうちに、はじめの志は汚れ、傷つき、ただ活動することのみが至上命題となる。

目的と、手段・行動との乖離《かいり》。それは思想的行き詰まりでもあり、革命の挫折でもあった。

そして、そもそも、革命の唯一の拠りどころであった思想が、空想から科学へと止揚したはずの理論が、じつは仏神の意に反した空論であり、じつは科学的でもなかったとしたら？

それは「信」に対する「不信」でしかなく、つまり、持てる者に対するルサンチマンにすぎなかったというのか？

嫉妬の原理から、建設的なプラスの発想は生まれない。不信から生まれた思想は、信を築くことはできないのだ。

《——おまんも、ようよう吹っ切れてきよったかのう》

（事実は小説より奇なり、ってとこだね。オレだって、そんなに頑固なわけじゃないし、リハビリはもう終わったはずだし……）

《ワシが申したおまんのリハビリとは、単に人間的な感情を抑制してきた精神的な枠をとり外すまでのこと》

〈ま、いいじゃないの。とにかく人間は物質だけの存在じゃない。人間の本質は、心だ。残念ながらヘーゲルの唯心論のほうが、正解に近かったわけだ。そうでなきゃ、あんたがオレの中に入ってることを、どう説明すりゃいいのさ〉

《ほにほに、まっこと。ワシの肉体はとうの昔に土に還っちょるであろう。けんど、ワシはここにこうして生きちょる。脳ミソがのうても、考えることができる。ほんに、ありがたきことじゃ》

〈オレにしてみりゃ、ありがた迷惑だぜ〉

《おまんも、そのうちワシに感謝しとうなるはずやき》

〈勝手にしやがれ〉

真犯人

――ポロロポロ～ン！

テレビ画面の上のほうで、「臨時ニュース」というテロップが点滅していた。テツと別人格の意識は、それまで忘れていたつけっ放しの画面に向かった。

『上り東海道山陽新幹線の車内で殺人事件が発生』

『犯人は新富士駅で逮捕。被害者の身元は不明』

二度ほど同じテロップをくり返す。

画面では、相変わらずトークショー的なクイズ番組が続いている。

（『独り言人間』の変型かな）

《いかにも。悪い霊のしわざやろうねェ》

（あんたの捜してるヤツじゃないの？）

《分からん。こやつの顔を見んことには》

テツは時計を見た。八時半だ。

（九時になれば、ＮＨＫでニュースをやるはずだ）

テツは、リモコンでチャンネルをＮＨＫにした。

（三十分ほど休ませてよ）

《よろしい》

テツはソファに横になった。

と思うまもなく、

――ビシッ！

と起こされた。

（なんだよー）

画面は、停《と》まっている新幹線を映していた。アナウンサーが、犯人と格闘した警官が重傷を負ったことを告げている。

福岡発・東京行きの東海道山陽新幹線「のぞみ」のグリーン車内。出張帰りの四人のビジネスマンに、犯人は「静かにしろ」と威圧的に注意した。ビジネスマンたちは不本意ながらも声を落とす。しかし約二十分後、犯人は再び立ち上がって文句をつけにゆき、刃渡り三十センチほどのアーミーナイフで一人の胸を突き刺す。――興奮してナイフを振り回す犯人。逃げ惑う乗客。駈けつけた車掌も手がつけられず、とにかく乗客をほかの車両へ逃がそうとする。新幹線は最寄りの「新富士」駅へ緊急停車。待ち構えていた警察官と格闘の末、犯人は逮捕される。その際、警察官一人も負傷。

事件のてんまつは、ザッとこんなものであった。犯人は、二十代半ばと思われる若い男。警察署で撮られたフラッシュのきつい写真は、いまにも飛びかからんばかりに見開かれた両目が狂気を証明していたが、やはり、別人格の不気味な顔が、二重映しに見える。

（どうだい？）

《いや。違うのう》

（こんな意味のない殺人をやって、この男の意識は、いったい何をしてるんだろうね？）

《いまごろは驚いちょるやもしれん。けんど、殺人鬼の霊をおのれの心に入れたは、本人の心じゃ。

たとえば、はじめは『ちくとやかましいヤツらじゃ』と思う。されど次なる瞬間には『気に入らぬ』と怒気を発する。その悪《あ》しき心に悪霊は瞬時にドーンと入り込み、悪感情を最大限に増幅させてしまうきに。『ヤツらはおぬしのことを噂《うわさ》しておるぞ』『笑っておるぞ』『若僧のくせにグリーン車とは身分不相応とささやきおるぞ』……などとあおるわけじゃのう。

そもそも犯人が刃物を身につけたときより、この悪霊はすでに侵入しちょったやもしれん》

（覚醒剤中毒だってさ、この男。とすると、悪霊さんも出たり入ったり自由自在、フリーパスって感じかね）

《げにまっこと。入れ替わりも激しゅうなろう。気分の変わりやすき人間やったら、何人もの悪霊が同時に棲《す》みつくこともあるようじゃ》

（そいつはこわいね）

《いや、さほど珍しいことやないき》

（そうか。二重人格とか多重人格ってのは、こういうことだったのか？）

《いかにも》

（そうか、そうか。多重人格ってやつは、ホントに別の人格が、いくつも一人の人間に棲みついてるわけか……。それが、ときどき入れ替わって出てきてるわけだ。うーん。十六だか十八だか、恐ろしい数の多重人格の例もあったよなあ。そんなに憑依されてたら、こりゃエライことだな……）

《さような例は、ワシは知らんが……》

（ところで、このあいだの誘拐《ゆうかい》事件も、ひょっとしたらこの多重人格のしわざだったのか？）

《どのような事件じゃ？》

そこでテツは、つい最近起きた女子銀行員の誘拐殺人事件のあらましを、別人格に説明した。といっても、いちいち口に出して喋《しゃべ》ったわけではない。心の中で事件を思い起こし、頭の中で順序だてて並べてみただけだ。

東京近郊のK銀行の女子行員が、雑誌の取材という名目で誘い出され、クルマの中で殺され、死体を川に流された事件だ。

当初警察は、支店長にかかってきた何回かの電話の声が複数であり、誘拐の手口も一人ではムリとの判断から、三人組犯行説を打ち出した。しかし、捜査が身辺に及んであきらめた犯人が自首――。

その自供により、犯行はその男一人によるものと警察も断定した。録音された電話の声はさまざまに違って聞こえたが、声紋検査の結果、すべて一致し、同一人物による声色であることが解った、というものだ。

（違うイントネーション、違うしゃべり方、違う発声……三人分を一人でやれるとしたら、まさに演技賞ものだぜ。この場合、一人が犯人本人のものだとして、悪霊さんは二人入ってたことになるね）

《いや、三人入っちょった、とも考え得る》

（本人は、そのとき傍観してるわけか？）

《心をあやつられ、肉体を制御され、あれよあれよというまに犯行に及んでおる。

おそらく意識はあろうし、自覚もあろう。けんど、さほどの実感はないやもしれぬ。もちろん、まったく意識のない場合もあり得るがのう》
（この犯人、なんか突然の自首って感じがするなあ。警察も複数犯説をとってたわけだし、重要参考人としてしょっぴかれたわけでもない。近所の噂だけで……捜査の手が身近に及んだことを知ったからって……ホントかね）
《疑心暗鬼と申すか、強迫観念とでも申すべきか。ワシの想像ではあるが、本人の意識が弱気を発しはじめ、クヨクヨ反省したりビクツキはじめたんで、霊たちも一人二人と出て行きよったのやもしれん》
（急に弱気になられちゃ、悪霊としたって面白くないもんね。次なる獲物を求めて、サッサと移動しちまったというわけか。
でも、本人としちゃあ、たまんないね。霊は出てっちまえばそれまでだけど、犯人としてパクられるのは自分だもんね）
そういえば――とテツは思った。
犯人がクルマの中で被害者を殺したときの状況が、つまりそのときの供述が、じつに曖昧だと新聞が書いていた。ニュアンスとしては、殺人の実行はほかの人間のしわざではないか……と疑っているようでもあった。

《実感は薄いであろう。よう憶《おぼ》えておらんかもしれん。心神喪失状態にあり、かつあまり睡眠をとっておらぬとき、霊は本人の体をいちばん動かしやすいもんじゃきに》

(心神喪失って、心が神を失ってるとも読めるね。言い得て妙だね)

《言い得て妙……か。おまんも古い言葉を知っちょるな》

(あんたも、だいぶくだけてきたね。お国ナマリも出てきたし、最近の時代状況もけっこう理解してきたようだし……)

《おまんの心を読んでおるでな》

(はい、はい。オレも心神喪失状態だぜ)

《それは違う。おまんは……》

(解ってるよ、冗談だよ。オレの場合は二十四時間呑み続けねえかぎり、心神喪失にはなりっこねえ。

ところで、あの、自首してきた誘拐殺人犯の野郎、精神的に落ち着いてきちゃったり、本来の自分の心だけになったとき、いったいどんな気分になるんだろうね)

《まるで悪夢から……》

(醒《さ》めたようなもんだよな。果たして自分一人で計画、実行したのかどうか……)

《疑わしくなるであろうな》

(そうか。取り調べのときには犯行を自供するが、裁判になると犯行を否定して無罪を主張する例って、意外と多いんだよな。あれって、これかい? みんな)

《犯行時は、いや、人間が罪を犯す場合は、他者に憑依されておる場合がまっこと多い。これは事実じゃ。犯行は他者の指令によって実行され、その後、本人の反省によって憑依は解けてゆく。なんでかいうたら、反省する心に悪霊は憑いちょれんからじゃ。

やがて、他者が出てゆき、おのれ一人となったとき、果たして自分の犯行であるか、犯意があったたか、実行為があったたか、意識として、実感としては薄れちょる。次第に、『自分がやったのではない、のではなかろうか?』と思うようになる。

ほんで、犯行を否認するようにもなるじゃろう》
（だって、本人がやったわけじゃないもんね）
《いや。それは違う。本人の自覚があろうとなかろうと、それは本人がやったのである。すべて本人の責任である》
（それは、ちょっとキツイんじゃないの？）
《いや。ここだけは、はっきりとさせとかな、いかん。そもそも本人が邪悪な想念を心に抱《いだ》かねば、悪霊といえども人の心にとり入ることはできん。言い替えれば、悪霊を呼び込む心があるから、ヤツらはやすやすと入ってこられるのじゃ。これは自己責任の原則じゃきに》
（そう堂々と宣言されたって、そんなこと、ふつうの人間は知らないよ。だって、どこでも教えてくれなかったしさ……。人間だったら、少しくらい……まして現代人なんてモラルにしばられて生きてるヤツなんか一人もいないわけだし。
サラリーマンだったら浮気の一つや二つ。オフィスラブも不倫も日常化してるし。同期のやつに仕事で差つけられたら、コンチクショウと思うのがふつうだろ。グチ

は言うし、不平はタラタラ。金もほしいし、女もほしい。ついでに出世できたら、言うことはなし）
《むさぼりの心やねェ》
（なんだって？　むさぼり？　だってこれが現代のルールでもあるわけだぜ）
《嘆かわしいことよ。颯爽《さっそう》とした日本人の美しき心根《こころね》は、もはや失われてしもうたかえ……》
別人格の嘆きがテツにも解るような気がしていた。
このままでは、日本人は、いや、この人間社会は、いったいどうなってしまうのだろう。柄にもなく、テツは深いため息をついた。

思想家の責任

雨の日曜日。妻のレーコと娘のナナがデパートへ買いものに出たあと、テツは自室にこもった。そして疑問点を別人格に問いただした。彼も百年以上地獄をさまよっていたわけで、天国（天上界）のことはよく知らないようではあったが、なんとか質問に答えてくれていた。

じつに誠実な人柄であるようだ。時々考え込んだり、瞬間的に存在が消えることもあったが、おおかた霊の特性を活《い》かして、誰かほかの霊にでも訊いてくるのかもしれなかった。

テツにとっては、じつにありがたい存在となっていた。

天国とは、我々の想像を遥かに超えた広大なものであり、その地上にもっとも近い一部分に、悪想念のたまり場がある。それが地獄と呼ばれている空間である。しかし、地上にあまりにも近いがゆえに、地上人にとっては大きな存在に思えてしまうのだ、という。

事実、この地獄から地上へは、「同じ思いは通ずる」という法則によって、あっというまに来ることができる。そこに、地獄にいる霊と同じ想念を持つ人間がいれば、その想念の中へ、地獄の霊は瞬時に飛び込んでくることができる。

というのは、地獄の霊にとっても、地獄はまさに地獄であるからだ。一日も早く逃れたい、と彼らも焦っているのである。しかし、いったいどうすれば地獄から出て天国へ上がれるのか、彼らは知らない。いや、忘れ去って久しい。いや、自分のいまいるところが地獄なのだという認識すらなく、そこが本来の棲み家なのだと信じて疑わない者も多いという。

地獄から卒業する方法は、言葉でいえば簡単である。

反省、そして感謝の心。

キリスト教的に言えば、懺悔《ざんげ》と愛。

自分が地上に生きていたときに為したこと、思ったことのすべてを思い出し、その誤りに気づき、反省すること。

反省することによって心に光が入り、感謝することによって天の祝福が受けられ、その場から浮上することができるのだという。

（だけど、最近『新宗教ブーム』とかいって、いや『新々』だっけ？　『新々々』か？　とにかく新しい宗教がやたら派手に騒がれてるけど、あれもいちおうは坊主の仲間ってことか？）

《正しきものと誤てるもの、その見極めをつけねばのう。正しき法が起こるとき、魔もまた競い立つと申す。しかし、それもまた世のならい。ただ、これだけは覚えておいてもらいたい。

宗教も思想も学問も、つねに人間性の向上に資するものでなければならぬ。——どう申せばよいかのう。要するに、実際の人の生にとって、それはつねに役に立つもんでなければならん。

人の世は、時とともに、時代とともに変化してゆくもんやきに。人の世で役に立つもんは、つねに古うなる宿命を持つ。よって、つねに新しゅう起こり、成長発展し、成熟していかんと、まっこと実用的なるもんとは申せぬ。なんぼ役立とうとも、やがて衰退の道を歩むもんやきに。
学問も、思想も、宗教も、つねに新しゅう起こり、やがて使命を果たし、消えてまいる。あるいは、そのカタチだけを残し、使命を終えてまいる。――問題は、その内容の高さである。深さである。広さである。正しさである。
宗教においては、その悟りの高さが問題であり、かつ万人が理解でき、おのれの魂修行の指針となり得るか、魂の救済の糧《かて》となり得るか――その救済力が問われるがよ》
〈なるほどね。しかし、これだけ世の中が進んでるのに、まだ宗教なんて必要なのかねェ?〉
《おまん自身、この世とあの世の成り立ちという基本的なことすら、まったく何も知らんかったやないかえ!》
〈そう言われると……〉
《こないだワシが聞いた話じゃ、いまの日本人の半数以上の者が、地獄に堕ちておると申す。

あの世の存在を否定し、この世において好き放題の生活をなし、自らの魂修行を放棄し、心に曇りを重ね、この世におりながら地獄的な人生を過ごしておるからじゃという》

（日本人の半数以上……？）

《嘆かわしい、じつに憂うべきことじゃァ。日本人の美しき精神ばかりやのうて、正しき信仰心も失われ、その価値観は天国的なるもんと地獄的なるもんが逆転し、その地獄的なる心に、自ら悪霊の類いを呼び込んじょる》

（そうか――あの『独り言人間』が最近やけに増えてるのも……）

《いかにも。正しき信仰が失われしゆえじゃ。ほんで、おまんも含め、信仰自体に対する偏見が、この世とあの世の成り立ちについての正しき認識を阻害しちょる。これは民族として、人間として、前代未聞の危機であるがじゃ！》

テツの中で、何かがグルグルと回転していた。別人格の熱い心が、頭の先から足の先まで、電流のように流れては消え、テツの全身をしびれさせていた。

テツの中の探究心が、次から次へと訊きたいことを浮かび上がらせるのだが、どうにもまとまらない。

《訊きたいことがあれば、何なりと申すがよい》

（そうだな。さっきから話を聴いてると、あんたは頭もよさそうだし、生真面目《きまじめ》な人だし、とても地獄にいる霊とは思えないんだが……）

《なんで地獄へ堕ちたか、ちゅうことかえ？》

（ああ、いや、具体的に言いたくなけりゃ、ごく抽象的な話にしてくれてもいいんだ）

《うむ。そうやねェ。大きゅう申せば方針の誤りじゃァ。馬上にて奪いたる天下なれば、馬上にて奪いとるべし――つまり武力革命路線へのこだわりじゃ。次に、どうせ武力をもってすることとなれば、個々の暗殺・謀略も可とすべし……という戦術面での誤りである。

まずその結果として、刺客《しかく》として仕立てられた若者に、殺人者としての心の曇りを与えてしもうた。この陰りは、ワシの心の陰りともなり、同志たる若者すべての陰りとなってしもうた。

ワシは、自らの人格を暗うしたばかりでなく、わが勢力全体の政治的演出、つまりイメージを暗いもんにしてしもうた。
第二の結果として、この戦略戦術の誤りから、多くの同志たちに、あまりにも早すぎる死を急がせてしもうたこと。その悔恨が、自らの心をより曇らせることにもなったのだが。
結果の第三は、優れたる魂を、その修行半ばで死に追いやったことにより、多くの者を地獄へ堕とさしめたことじゃ》
（うーん。政治的指導者ってのは、じつに大変な責任があるもんなんだな）
《革命期においては、まっこと責任重大よ。ほんでワシは、地獄に堕ちたすべての同志を見つけ出し、説得し、謝罪し、この世とあの世の道理を説き、天上界へ還すべく手段を講じてまいったのじゃが……》
（偉い人だね。まいったね。あんた、見直したよ）
《いや。ワシがさような動きをはじめたがは、まだ最近のことじゃ。そう、三十年、いや、もう少し前からやろうか。それまでは、ワシも無明《むみょう》の闇《やみ》をさ迷っておった。そんなワシの目を醒まさせてくれたんが、かの西郷南洲《なんしゅう》先生やった……》

（あの、薩摩《さつま》の西郷さん？）

《いかにも。あのお方は、ワシの生命《いのち》の……いや、魂の恩人じゃ。

おぬしは存じておろうが、あのお方は維新後に反乱を起こした、という。地獄でも、ちょっとした騒ぎじゃった》

（西郷さんも地獄へ堕ちたの？）

《いや、あのお方自身は、堕ちる必要はなかったと申す。確かに、感情の量が多く、情に流されすぎて自らの道を誤ったとは申せ、政治家として残した業績、および個人の魂修行としての人生の総合的判断では、堕ちんでもええ立場におられたという。

けんど、南洲翁《おう》は自らすすんで地獄へ堕ち、翁の方針の誤りによって堕ちておった私学校党やらいう数千の若者たちを訪ね、すべての者の心の曇りが晴れるまで、ともに反省行を行い、ほんで見事に全員を天上界へ連れ還ったのじゃ。

ワシも、あのお方を見習うべきじゃと気づいた。ちくと遅かったけんど。しかし、そう思ったとたんに、ワシの曇った心にも光が射し込んでまいったがじゃ。

そして今日まで、さまざまな地獄の諸相に迷い込んでおった同志たちを見つけ出

しては、ともに泣き、ともに学び、ともに反省し、ついにここに至った、というわけじゃ》

別人格の心に熱い涙があふれているのを、テツは、その心で感じていた。その涙でぬぐわれるように、テツ自身の心も清められ、すがすがしく晴れわたっていくような気がしていた。しかし同時に、それが錯覚であることもテツの意識は知っていた。

別人格の感動の何分の一かを感じることはできても、それはテツ自身の感動ではない。しかし、テツも、いつか必ず一度は、これまでの四十数年の人生を洗いざらい思い出し、一つひとつ見直し、反省し、自ら清めてゆく心の作業をしなければならない、と漠然とは思っていた。曖昧ながらも、いつかは……と思っていた……。その思いが正しかったことに、いま気づいたのだった。

しかし、それだけでいいのか？

テツには、確かに、そうして半生を省みる機会がある。だが、若くして逝《い》ったマサキや、冬山で処刑された若者たち、海外で散った元同志たちは、いったいどうなる？　いや、現時点で、この世ならざる世界で、いったいどうなっているのか？

どう生きているのか?

いまは亡き彼らと、テツとを分けたものは、いったい何だったのか?

テツは、一線を踏み越えなかったからか? 時代の動きを読めたからか? ……いや、そうではない。時代の先など、あのとき、誰も読めはしなかった。

テツは、ただ臆病だったのだ。こわかったのだ。

内心の恐怖感……そうだ。それを、ただの臆病風と考えるか、目に見えぬ守護者からのインスピレーションと考えるか……?

現時点で判断はできない。たぶん、その両方だったのではないだろうか……?

ただ、彼らの「志」だけは、忘れてはいけないのではないか?

たとえ本人たちが、すでに忘れ去っていたとしても……。

マサキの切なそうな目が、テツの脳裏に浮かんだ。彼はいま、いったいどこで、何をしているのか?

ちゃんと成仏できたのか? そして天国にいるのか? それとも地獄か?

あるいは、いまだ成仏できず、この世をさ迷っているのか……?

ジャンクション

「やあ、ゴメンゴメン。お待たせ、お待たせ」

すでに夜中の十二時を回っていた。

原宿のオクダの店。「ポピーズ」だ。

カウンターの隅に、フクダがポツンと座っている。両ヒジをカウンターに置き、組んだ手の上にアゴをのせ、トロンとした目をしている。

テツは、オクダと帰宅拒否症のタキモトに目顔で挨拶をしながら、フクダの隣りに座った。

「モーッ、テツさん、いま何時だと思ってるんですか――」

「わりィわりィ、オレだって、たまには仕事ってこともあるよ。それにしても、サカシタのやつ決断が遅くってサァ」

「最近、サカシタさんと仲がいいんですね」

「おいおい、きょうはからみ酒か?」

ちょっと待たせすぎたな、とテツは後悔した。

フクダはすでに、酩酊《めいてい》寸前といった状態だ。元来、あまり酒に強いほうでもない。

「おれのことなんか、どうでもいいんだ、テツさんは!」

「何言ってんのよ。このあいだのA社の件だって、おまえさんの望みどおりじゃねえか。サカシタを黙らせるには苦労したんだぜ」

「そのサカシタさんと、きょうは遅くまでお仕事ですかァ」

「待たせてスマン! もっと早く出るつもりだったんだが、アイツ、しつこくてサ」

「ああ、テツさんはいいなあ。いつも自分の好きなように生きてて!」

「何言ってんのよ。おまえさんだって、けっこう好き勝手に生きてるんじゃないの?」

「冗談じゃありませんよ。おれは損な役回りばっか!」

「文学少女」のジョーチンの顔が、チラッとテツの脳裏をよぎった。が、黙っていることにした。きょうのフクダには、何を言ってもはじまらない。

テラスのほうにいた客が一組、帰っていった。残るは、いつもの帰宅拒否症のオジサンと店主のオクダだけ。そろそろ店も終わりにしたいだろう。

「オレは、つねにおまえさんのことを考えてきたつもりだぜ。いい仕事ができるように。社内の評価もよくなるように。ことあるごとに、立ててきたつもりだがね」

「おれも、いままではそう思ってましたよ。いや、事実、だいぶ面倒をみてもらってきた、とは思います。でも、最近になって、解ったんです。じつは、それもすべてテツさんの戦略だったんだ!」

テツは、フクダが何を言い出したのか、一瞬、解らなかった。

「テツさんは、おれに恩を着せといて、自分は自分で、つねにラクでおいしい立場を選んできたんだ!」

「オレが、いつおまえに恩を着せた? 恩着せがましいこと、一度でも言ったことあるか? その結果、オレがいったいどんなトクをしたんだ? 給料だってボーナスだって、おまえはオレの倍近くもらってるはずだろ!」

「そんなにもらってるわけない! おれなんか、たいしたことない! それなのに、みんな、おれにばっかり責任を押しつけやがる」

プレッシャーがたまってきたのだ、とテツは思った。わりと順調に、フクダは階段を上がってきた。テツは、そのフクダを助けて、きょうまできた。

そのかわり、テツは勝手気ままな一匹狼の道を選んできた。気分としてはラクだったかもしれないが、身分はつねに不安定だった。クリエイティブ局内に、これといった勢力は持っていない。少なくともフクダには二十名近い部下がいたが、テツにはたった二人しかいなかった。テツ・グループは、吹けば飛ぶような遊軍にしかすぎないのだ。

「つらい仕事は、みんな、おれだ!」

「それは、おまえが優秀だからだ。それに、誰だっておいしい仕事ばっかりやれるわけじゃない。オレんとこなんか、カスばっかりだぜ」

オクダが、テツに目で合図を送ってきた。タキモトが、近づいてきた。

「おれら、ナッキの店、行ってっからサ」

オクダもカウンターを出てきた。

「テツさん、ゆっくりしてって。帰るときは、いつものようにたのんます」

「オクちゃん、ごめんね」

と、テツ。

気をきかせて、というよりも日ごろのことなのだが、手を振りながら店を出てゆく二人のオジサン。テツとフクダとのやりとりが、すぐには終わりそうもない、と判断したのだろう。

「うちの社は、おれで持ってるんだ！」

突然、フクダが声を張り上げた。

テツも合わせた。

「そうとも！　うちの社はおまえさんで持ってるんだ！　その意気、その意気」

「それなのに、それなのに、みんなしておれの悪口ばっかり言いやがる」

急にシュンとするフクダ。

「おい、フクッ！　それは違うぜ。誰もおまえさんの悪口なんか……。もし何か言ったとしても、それはジェラシーだ。あんまりおまえさんばっかしいい仕事するんで、ヤッかんでるだけサ」

「でも、テツさんのこと悪く言うヤツ、誰もいねえ」

「よく言うよ。朝は来ないとか、来ても昼間っから酔っぱらってるとか、ボロクソ。悪評ばっかしじゃねえか」

「そんな現象面のことじゃない。テツさんは、上の人間から一目も二目も置かれてる」

「何もほしがらないから、ちょっと不気味に思われてるだけだよ」

「若い連中からも、テツさんは慕われてるじゃないか。むかし学生運動家、いまは一匹狼のコピーライター。理論家のわりに、エラぶらないし……」

「面白がってるだけサ」

「おれは、テツさんの言うとおり、動いてきた」

「おいおい、オレがおまえさんに何か指し図したこと、あったか？」

「いや、直接の指し図は、なかった。でも、おれはテツさんの心がわかってた。だから、そのとおりやってきた。おれは、こう動いたほうがいいだろうな。このほうが、テツさんのためになるだろうな……と思って、おれはやってきた」

「……？　……」

「それなのに、それなのに、テツさんはおれを裏切った！」

「オレが、おまえさんに何をしたと言うんだ」

「おれから、サカシタに乗りかえた！」

テツは、絶句した。

確かに、テツ自身の心の奥には、すでに独り立ちして勝手に生きているフクダをかまうより、能天気なサカシタあたりと組んでひと勝負……という気分がまったくなかったわけではない。

しかし、果たして……そんなテツの微妙な心理まで、フクダは読んだのだろうか。だとしたら……？

（いや、そんなはずはない……。こいつは、今夜のことだけを言っているのだ！）

「いまの仕事のことか？　……あれはおまえ、上からの命令だぜ」

ある大手の生活用品メーカーの広告取り扱いをめぐって、現在、代理店七社の大コンペ（競合）がすすんでいた。テツの社では、フクダ・グループとサカシタ・グループの社内コンペがスタートし、クリエイティブ作業が進行中であった。その社内コンペで、テツはサカシタ・グループと組んでいる。もちろん、純然たる上からの業務命令であった。

「おまえ、何を勘違いしてんだよ」

「おれはもうだまされない。テツさんはきょうも、こんなに遅くまでサカシタと――」

「まるで子供だな……。おいフクダ、おまえ、ちょっと疲れてるんじゃねえか？……家庭はどうだ？　カミさんやボーズたち、元気にやってるか？」

「家庭なんて、どうだっていい！　亭主の忙しさをブツブツ言う女房なんて……」

「そうか。そういうことか……」

そういえば、テツは、最近あまりフクダの様子を気にかけてはいなかった。

（もう少し、目を配ってやるべきだったかもしれない）

とも、思う。

「忙しいときほど、なあフクダ、家庭は大事にしといたほうがいいぞ。なんだかんだ言ったって、家庭がベースだからな」

「それって、皮肉ですか?」

フクダは、水割りのグラスを強く握っていた。テツは、何本目かの煙草に火をつけたところだった。

「……? ……」

「テツさん、知ってんでしょ?」

水割りのグラスを見つめながら、フクダは絞り出すように言った。

「おれと、ジョーチンのことですよ」

「ああ、チラッとな。噂は聞いた」

「どうして怒らないんですか?」

「怒られてエのか?」

「そういうわけじゃないけど……」

「じゃ、いいじゃねえか。お互い、ガキじゃねえんだし」

そのとき、フクダはキッとした目で、テツに向き直った。その目は、すでにふだんのフクダの目ではなかった。

「そうなんだ。いつも……テッさんは、いつもそうなんだ！」

完全に、逆上している。何が、フクダをこうまで狂わせているのか、テツには不可解だった。こんなフクダを見るのは、十年以上つきあっているが、いや、十五年近くか？　とにかく初めてのことだったからだ。

「怒りたいときは、怒ったらいいいじゃないですか。気に入らねえなら、そう言ってくださいよ！」

「おまえ、なに開き直ってんだよ。気に入るも気に入らねえも、オレはいまそれどころじゃねえんだよ！」

ほんとうのことだった。テツは、このところずっと、別人格問題で、ほかのことに頭が回るような状態ではなかった。

「きたねえッスよ！　――おれにジョーチンとられたからって、社内にウワサを流すことはないでしょ！」

バカバカしかったが、いまさらあとへ退《ひ》くこともできない。

「オレはウワサを流すほどヒマじゃないし、おまえを裏切ったつもりもないね。いままでもそうだし、これからも何かするつもりはまったくない。邪推もいいかげんにしろよ」

フクダはブルブルと震えていた。両目が異様につり上がり、口がとんがって見えた。

「だけどジョーチンは、あんたに惚《ほ》れてんだ」

「なんだ、ソレ？」

「知ってるくせに！　知ってるくせに！　きたないッスよ！」

（ジョーチンが？　……まさか）

女は解らない――とテツは思った。しかし、フクダは、ふだんのフクダとは、顔つきがまるで違っていた。

（ひょっとしたら……）

テツの脳裏に、「憑依」という言葉が浮かんでいた。

（いま、オレに毒づいてるのは、フクダではない？　もしかしたら、フクダの中に別人格が……？）

テツは、フクダの顔が二重映しにダブってこないか――心配しながら、その目を睨《にら》みつけていた。

「しかし、おまえの精神はどうなってんだ？　おまえ自身は、いつも被害者なんだな？」

「ええ、おれは被害者ですよ。テツさんに使われるだけ使われて、用がなくなったらポイだ。おれなんか、もういらないんでしょ！」

「おまえ、何か誤解してねえか！」

「おれは頭わるいから、いつも、いつも、うまく言いくるめられ、おれは、おれは、いつも、いつも……」

テツの中で、こらえにこらえていたものが、プツンと切れた。

「いつまで女々しいこと、言ってやがる！　いいかげんにしろ！」

「女々しい？　おれが？」

フクダも切れたらしい。いや、とうに切れていたのだが、その頂点に達したという感じだ。その顔が、微妙にダブりはじめた。

やにわに立ち上がり、ボックス席の椅子を蹴り上げ、フクダはフロアで足を踏み鳴らす。

——ドタバタと、狂ったように地団太を踏む。

（狂ったか？）

チラッと、テツは階下の店が心配になった。しかし、下の店は十一時閉店だから、とうに誰もいないはずだった。

フクダが、暴れるのをやめ、振り返った。その顔は、すでにフクダの顔ではない。いや、フクダの顔に、異様な別人格が二重映しに重なっているため、いつものフクダの顔には見えないというわけだ。

青白く、右肩上りに突っ立っている瘦身《そうしん》の男。テツに対して真正面に向かっていながら、なぜか、そのすべてが正対しているわけではない。

斜《しゃ》に構える——とは、こういうことを言うのかもしれない、とテツは思っていた。その精神的態度が、まさにその体に実体化されている……。

細い目。底光りするほどの眼光が、テツの目を上目使いにとらえ、放さない。フクダの目は、こんなに気味の悪い目ではない。だいいち、こんなに細くはない。正常な意識を失ったフクダの体は、いま、完全にこの別人格の男の意識に支配され、その容貌までも変化しつつあったのだ。

（そうだ。こいつだ。オレたちが捜していたヤツ……わざわざ向こうからお出ましになったというわけか……）

二十年前、スッポンという陰気な男にとり憑いていたヤツ。瞬時にサムライ姿に変身し、なぜか逃げ出した男……。

そのサムライ姿が、いま、再びテツの目の前に現われていた。

鬢《びん》のほつれもそのままに、無造作に束ねられた髷《まげ》。相当に着古した木綿の着物を、すでに元の色の判別もできぬほどに皺《しわ》の寄った袴《はかま》で括《くく》っている。

その腰には、ところどころ色の剥《は》げた朱鞘《しゅざや》の長剣が、いわゆる「落とし差し」というのだろうか――ストンとだらしなげに差してある。

同時に、フクダのスーツ姿も、テツの目には見えている。どうやら、テツの意識がどっちの実体を見たいのか……その意識によって、見え方が違ってくるものらしい。

テツの中の別人格が、グッと身を乗り出してきた――ような感じが、テツにはしていた。

「なんでや！　なんで、いまさらオレをつけ回す」

フクダの別人格が、テツの中の別人格に向かって言葉を発した。

（ついに、先生の出番らしいよ）

《まっこと。かたじけない》

対決

「懐かしいにゃァ、イゾウ！」

不思議な感覚だった。テツの意識は、しっかりとしている。しかし、そのテツの口を使って、テツの中の別人格が言葉を発し、テツの体を動かしはじめた。

「ワシがおんしを捜し歩いちょること、とうに知っちょって、なんで、いままでワシを避けよったで？」

「避けちょらせんわ。こうして出てきたじゃいか！」

「ずいぶんと時が経っておるぞ。このナキミソめ」

「い、いまさら言いわけは聞きとうなかったきに。オ、オレは頭がわるいきに、ズイザン先生に言われたら、あんじょう丸め込まれちょるきに。ほれやき、会わんようにまぎれちょったがよ」

（そうなのだ。やはり、そうなのだ）

テツの意識は、現実のやりとりとは別に、この別人格たちの正体について、自分の予想が当たっていたことを喜んでいた。

フクダの別人格は、あの悪名高き「人斬り」の岡田以蔵《いぞう》であり、テツの中の別人格は、ズイザン先生こと、瑞山・武市半平太その人なのだ。

なんと、幕末維新史上知らぬ者なき有名人が、いま、ここに出現している。なんという不思議。なんという奇跡。彼らは、霊という実体としてテツの中に、フクダの中に、いま確実に存在しているのだ。

「卑怯者《ひきょうもの》め」

「なにい！　オレを殺そうとしたがは誰で！　オレを藩に売りよったがは誰じゃあ！　オレに毒を盛ったがは、誰が指し図じゃあ！」

「ならば申す。七卿落ちのあと、なぜおんしはグズラグズラと京におったんか？全員長州へ落ちよとの指し図に、なんでおんしは従わんかった？　クサカ先生を訪ねよ、とのワシが指し図、おんしがもとには届かんかったとでも申すか？」

時代が、一気に百年以上逆流してしまったようであった。

「七卿落ち」とは、史上有名な、あの「八・一八の政変」のことだ。つまり、薩摩と会津が手を組んで、京都から長州などの急進派を追い出した事件。あれは文久三年、一八六三年。公武合体派のクーデターだ。

そしてクサカとは、吉田松陰の義理の弟、松下村塾の俊才といわれた久坂玄瑞《げんずい》に違いない。

「ケッ、なにが長州じゃァ。オレは逃げるなんざ、好かんがじゃあ！　オレは、オレひっとりでも京に居《お》って、戦う覚悟やったがじゃ！」

「何《なの》言いよらァ！　おんしは、いったい京で何をしたで？　おんしの腰の長剣は何《なの》しよったで？」

テツの別人格が、激していた。土佐弁らしいナマリが、テツの口からスラスラと出ていた。

「二本差しまで質に入れよって、おんしはバクチ場にまぎれちょった！　そんだけじゃ！　おんしという男は、肥後のミヤベ先生や同志から金をせびっちゃあバクチに入れ込んでおっただけじゃ！

あげくの果ては、町人の懐《ふところ》を狙うて強盗騒ぎじゃ。恥を知れ、イゾウ！」

フクダの別人格・イゾウは、テツの別人格・ズイザンの前にタジタジとなった。が、すぐに逆襲に出た。

「なにを……。おんしゃァは何じゃ。投獄されただけで、監察の訊問《じんもん》受けたァだけで、オレの名ァを吐きよったじゃいか！」

「いかにも。本間精一郎殺しの下手人《げしゅにん》として、田中新兵衛とおんしの名ァを漏《も》らしはした。ワシは、おんしがざんじ長州へ下《くだ》ったもんやと思うちょったきに。それやき、ほかん同志を守らないかんき、やむを得ずおんしの名ァを出したがじゃ。安全圏におるはずのおんしなら、あとから説明したらジキに解ってくれる。そう信じてしたことじゃ」

「おんしゃァはクチがたつき。オレはもうだまされん。おんしゃァは、罪をオレひっとりに着せろうとした！　ざんじオレひっとりに背負わそうとしよったがじゃ！　あげくの果ては毒殺じゃあ！　オレに毒を盛れと手ェ回したろうが！　牢番らァが、おんしゃァの指し図じゃと白状したきに！」

「それは、おんしが同志らァの名ァをペラペラと吐きよるきよ。拷問《ごうもん》がキツいことは分かっちょった。それやき、早うラクにしちゃろうと思ったがよ」

「オレは、拷問がつろうてクチを割ったりゃせん。おんしゃァが、先にオレを裏切ったじゃいか！」

「ええい、たまるか！　なんで、素直にワシの言うことがきけんぞね！

第一に、おんしは長州へ下るべきじゃった。長州がイヤなら、江戸へ出ないかんかった。京の長州藩邸にまぎれることもできたはず。

第二に、京都町奉行に捕縛されてより紙屋川で解き放たれるまでのあいだに、無宿者テツゾウとして死なないかんかった。

第三に、山田の獄舎では拷問を耐え抜き、死のうが刻まれようが自白すべきじゃァなかった。

そして第四。ワシが差し回した毒飯をくらうべきじゃった。ほんで、従容《しょうよう》として死なないかんかった。……のう、イゾウよ」

「何言《なの》いよらァ。自白したがはオレだけじゃないろうが！　キョーマやし、オカジやし……」

「やかまし！　ほたえな！　おんしはそれでも武士か！　土佐のオトコか！」

次の瞬間テツは二メートルほど後ろに飛び、店の壁に背をつけていた。

フクダが、いやイゾウが居合い抜きというのか、テツすなわちズイザンに斬りつけたのだ。

「おんしにワシが斬れるか！」

「斬る！」

イゾウは、ゾッとするほど恐ろしい目をさらに細めながらテツを睨《にら》み、いちど鞘《さや》に納めた長い刀を、こんどはソロリと抜いて構えた。

「ええろう、相手にしちゃろう！」

テツも、いやズイザンも腰の刀を抜き放った。青眼に構える。

フクダ、いやイゾウも一歩後ろへ下がり、同じく青眼に構える。

まったく不思議な感覚。

テツは、まるで自分が、フクダより存在をくっきりと現わしているサムライ姿のイゾウと闘っているような気分だ。

長い刀が、手にしっくりとなじむ。

この感触。この緊張感。

（初めてではない。オレは、ひょっとして昔、サムライとして剣を振り回していたことがあるのではないか？　……）

《テツどの。すまんけんど、その思念、邪魔やき。なんも考えんと、イゾウの目ェばァ見ちょってや》

（あいよ）

二重映しにオーバーラップした二人の剣士が、互いに剣を構え、間合いをはかっていた。

――殺気！

というか、すさまじい緊張感。

しかし、テツはすこしも動揺していない自分が不思議であった。

心は、ますます精妙に澄んでくる。

これは、テツの心というより、ズイザンの心に一点の曇りも脅《おび》えも怒りも存在しない証拠ではないか、とテツは思った。そして、あわててその思いを消した。

と、イゾウが跳《と》んだ。

ズイザンが受ける。

鋼《はがね》と鋼の衝突する音。

飛び散る火花。

そして鋼の焦げる匂い……。

これ以上の臨場感はなかった。

斬り込み、斬り返され、入れ違い、跳びすさる剣士たち。

斬る、というより、突進とか突撃という感じ。互いに突進し、激突する。

剣術が、これほどの肉弾戦だとは、テツは思わなかった。はっきり言って、はじめの二、三合で、テツ自身の体力は尽きていた。

あとは荒い息を吐いて、ゼイゼイ言うだけのはずだが、別人格の強靭《きょうじん》な意思の力によって、テツの体全体がコントロールされている。イゾウも、同じようにフクダの体をコントロールしているのだろう。

いや、フクダの場合、その意識は、もう完全にないと考えたほうがいいだろう。その体を、イゾウが自在に動かしている感じだ。

およそ二十合も撃ち合っただろうか。

互いに突進し、何度目かのすれ違いざま、イゾウの剣がテツの、いやズイザンの胴を横に薙《な》いだ。

「たまるか!」

崩れ落ちるズイザン(テツ)。

腹部に走る火のような痛み。そして、血の匂い……。

テツの目には、磨き込まれた木のフロアが見えている。

聞こえるのは、イゾウの荒い息づかいだけ。意識を、斬られたあたりに戻す。痛みは、すでにない。体を起こそうとするが、ズイザンの強力な意思により、テツは動けない。小指ひとつ、自由に動かせない。

《ちくと、このまま》

肩で大きく息をしているのだろう。イゾウの息が、さらに荒くなる。フクダの靴音。近寄ってくるイゾウ（フクダ）。

フクダの靴が、テツの視野に入った。まだ警戒しながら、歩を進めてくる。

ズイザンの横に、かがみ込もうとするイゾウ。しかし、次の瞬間、イゾウは大きく跳びのいた。

ムクムクと起き上がるズイザン（テツ）。

両目を見開き、汗びっしょりの顔で、ズイザンを見つめるイゾウ。

「さすがイゾウじゃ。地獄でまた腕を上げたようじゃのう」

信じられぬ、といった顔つきで首を小きざみに横に振るイゾウ。

「な、なんでじゃ。な、なんで死なん」

「まだ解らんかえ、イゾウ。ワシはもう、この世の人間やない。おんしもワシも、いっぺん死んだがじゃ」

「け、けんど、オレは、オレは生きちょる」

「いや、おんしはもう死んじょるき」

「な、何《なの》言いよらァ？」

「とうに百年も前よ」

「ほんまかや」

力なくイゾウがつぶやく。

「ウソ言いなーッ」

不吉なものを振り払うように、首を振り、汗を散らしながら、イゾウは叫んだ。

「忘れたか、イゾウ。おんし、自分が首をはねられたを不服として、ワシを恨んじょったはず……ちがうかえ？」

「う……う……わからん」

「よう思い出し。おんしとワシが処刑されたがは、おんなじ日じゃった！　ワシは切腹、おんしは斬首。その上おんしの首はガンギリ河原に晒《さら》されて……」

「オ、オレは……そういうたら……いや、違う。違う。オレはこうして、ここに……」

「おんしは、おんし自身の晒し首を見たはずじゃ」

「まっこと、そんな気もするけんど……。ほいたら、オレの首を見よったオレは、ほんなら、いったい……？」

「幽霊じゃァ」

「げっ、たまるかっ……ユーレイ？」

「そうじゃ。ワシもおんしも、いまじゃァ立派なユーレイじゃ。ほら、ワシを見い。おんしの刀で真っぷたつにされた……が、もうこうしてつながっちょる！」

ズイザンは、テツの出っぱった腹をグイとイゾウの前に突き出した。

「けんど、この腹とて、じつはワシの腹やないき。この腕も、この足も、この首も……。すべて借りものやき。イゾウ。おんしも、そりゃ借りもんぜよ。解っとろうが。

おんしは、ワシと会うために、そのフクダなる男の心に入って、いや、入る機会をうかがっちょった。ほんできょう、それが実現した。ワシら、この世の誰ぞの肉体を借りんと、もうこの世的な働きはできぬ」

「な、なんでや？」

「ワシらにはのう、もうこの世の肉体はないきに」

「肉体はのうても、オレは生きちょる！」

「そうじゃ。ワシらに肉体はない。しかし、生きておる。霊として、魂としてな」

「霊として、魂として……？」

「そうよ。おんし、長いこと地獄の阿修羅界《あしゅらかい》にて戦《いくさ》しょったろうが？」

「……地獄？　……」

「悪人が死んでからまいるところじゃ。けんど、その事実さえきちっと悟りゃァ、ワシらは天上の世界へ、光の世界へいぬることができる」

「光の世界？」

「ほにほに。そこが、ワシらの本来の居場所じゃ。勤王党の連中《れんじゅう》も、みなそこへ還っちょる。ほんで、おんしの帰りを待っちょるき」

じつにナサケなさそうな顔をして、イゾウはズイザン（テツ）を見ていた。しかし、

――ブルルッ
と身ぶるいすると、妖《あや》しげな光を再び目に戻した。

「いかんで、こりゃ魔術じゃ。バテレンの魔術じゃ。おんしゃァ、こんな術、ど

こで覚えたで?」
ズイザンも身構えかける。
と、次の瞬間、なぜかテツ自身が叫んでいた。
「おいおい、イゾウさんよう!
あんた、ここどこだと思ってんの?」
ギョッとするイゾウ。
《テツどの、おまん……》
(うん。なんかオレにも言いたいことがあるらしいぜ)
「ここは二十世紀の原宿だぜ! 知ってっかい? 土佐でも京都でもない! 大
江戸あらため大東京!」
《何を申しておる?》
(もうちょっと……)
「いまは幕末でも明治でもねえ! んーっと、天保《てんぽう》でも文久年間でもねえんだ!
いまはなあ、西暦一九九四年だぜ」

「……ん？　……」

「あんたがズイザン先生といっしょに生きてたのは、一八六〇年代だろ？　それって、もう百三十年も昔のことなんだぜ。あんた、いまいくつだい？」

困ったような、途方にくれたようなイゾウの目が、テツとその周囲を、気味悪そうに、落ち着きなくうかがっている。

確か、岡田以蔵は二十代後半、二十七歳くらいで処刑されたはず——テツは史料チェックの記憶をあわただしくまさぐる。

「あんた、もし生きてたら、もう百五十歳だぜ！」

何が起きているのか、皆目《かいもく》理解できていないらしいイゾウ。すでに太刀は右手にダラリと下げ、首を曲げるようにテツを見ている。

「歯がゆいんだよ、イゾウさん。あんたも志士のはしくれだろう！」

「おまんは、だれじゃ？」

「オレのことなんざ、どうでもいいっちゃ」

「ひょっとして、おまん……」

「あんたの口惜しい気持ちは解る。闘いの途中で裏切り者呼ばわりされたり、同志から疎《うと》んじられたり、そのうえ日和《ひよ》ったと思われちゃ、やっちょれんかったろう。けんど！　いつまでもグチャグチャ言うたらあかん！」

イゾウが、揺れていた。いや、テツのほうが揺れていたのかもしれない。

なぜか、体中が熱く燃えていた。喋りながら、興奮してくる自分が、少し懐かしくもあった。

テツの言葉自体も、土佐弁めいたイントネーションを発しつつあった。ズイザンのナマリが移ってきたのか……？

「世の中、変えちゃる！　その『志《こころざし》』が、だいじなんじゃあ！　国のあり方そのものを変えちょる言うがやき、そりゃァ一大事よ！

その大事の途中で生命《いのち》を落とす者《もん》も、ようけおるき。

功も成さず名も成さず、倒れていく者《もん》は多いろう！

けんど、それが政《まつ》りごとじゃァ」

喋りながら、

（なぜ、オレがこんなことを……？）

という気分がテツにはあった。

しかし、とまらない。しかも、熱い。喋ることによって、自ら熱のようなものを発しているのだ。それが、

（なぜなのか？）

までは解らないのだが……。

「政《まつ》りごとは、そういうもんよ。外なる敵と戦う前に、内なる敵にやられることもある。けんど……」

（ん？）

「けんど、問題はそこやないき！　問題は『志』じゃァ！」

喋りつづけながら、テツには解ったことがあった。

一瞬、マサキの淋しげな顔が浮かび、消えた。

（そうか、そうだったのか！　マサキも、内なる敵にやられたのか！）

どうりで、誰も彼も歯切れが悪かったわけだ。元同志、元同期生の誰もが、テツにはほんとうのことを言わなかった。「事故」という曖昧な表現でしか……。

（内ゲバ？　テロ？　……それも、ごくごく内輪の……？）

そういえば、同期の連中の墓参旅行も、テツがとうてい同行できないような……。

（そうだ。オレの出張、いや、取材？　ロケ？　……とにかく参加不可能な日程だった……？）

マサキの「無念」を、テツは感じた。同時に、イゾウの「無念」も、テツは感じた。

苦々しい思いが、テツの中に充満した。しかし、その思いを、光の激流のような圧力が流し去る！

（なんだ、この光のプレッシャーは？）

「イゾウさんよう。おんしも無念やったろう。けんどよ、おんしの『志』は生き続けるがよ。

人の『志』ちゅうもんは、結果がどうあれ、消えるもんやないいき！

人は死しても、『志』は生き続けるがよ！」

――バーン！
巨大な光が炸裂《さくれつ》した。突然の予期せぬ衝撃に、テツの意識は、一瞬、翔《と》んでいた。
（な、なにが起きたのか？）
テツは、自分の姿を外から見た。
（ア、アアーッ、な、なんと）
テツの全身が、異様なほどに光り輝き、その中核に、見まごうことなき人物が見えた。
と、思うまもなく、強力なパワーで引き戻される。自分の体に！
《ちくと入らせてもらうきに》
テツの意識をグイッとつかみ、わきへ押しのける。そして、
――パッ！
と目を見開いた。
そこには、まるで呆《ほう》けたように口をあんぐりあけたイゾウ。刀を杖に、目を見張る。

真打ち登場

「たまるか、懐かしいにゃァ、イゾウよ！」

――ズン！

と腹にひびく声だ。

（そうだ、この声だ。この、あったかい声だ！　これが坂本龍馬だ！）

「なァ、イゾウよ。もうよか。もうかまん」

目をしばたくイゾウ。

「タケチのゆうことも、ちくとは聴いちゃり。タケチはなァ、おんしのことが可愛ゆうてなァ、百年ものあいだ、おんしを捜し回っちょったがよ。ほんまの話ぜよ」

「サ、サカモトさん……」

そう。ここにいるのは、テツの中にいるのは、まぎれもなく坂本龍馬、その人であった。

一瞬、なぜか見えたその姿は、歴史もののムックでよく見る写真のまま！　つまり左手を懐に入れたポーズで……。

テツの左手も、なぜか懐手になっている！

と、とにかくその人が、現代の日本の、つまり原宿のこの店に出現したのだ。

不可解、と思う一方で、まるで躍り上がらんばかりに感動しているテツがいた。

（明るい！　じつに明るい人だ！）

「タケチよ。おまんも、ようがんばったにゃァ。これでワシらの世界へ、そろっていねるぜよ」

《これもみんなリョーマのおかげじゃァ。おまんにゃ、かなり面倒かけてしもうた》

（オレの中で、二人が話している……じゃ、ズイザンもまだオレの中に？　いや、オレ自身もこうしているわけで……）

「げに。お互いさまじゃきに。けんど、おまんもちくと、まんだキツかのう。イゾウにゃ、イゾウの言い分も仰山あるきに。ぼちぼち聴いちゃらんと。なァ、イゾウ」

「オレは、オレは……ウォーッ！　オウオウッ」

イゾウは、まるで子供のように、大声で泣きわめいた。まるで百年分の涙を流しているかのように。その細い目から、大粒の涙をポロポロとこぼしながら、無邪気に泣き声を上げていた。

テツは、そんなイゾウの心が解るような気がした。

リョーマの顔を見ただけで、誰だって泣き出したくなるのではないだろうか。

「地獄で仏」——のような、あったかく、明るく、眩しく、やさしく、大きな何かを、リョーマは与えてくれるのだ、とテツは思った。

このとき、テツの中で、何かがほろりと溶けていた。最後の疑問——頭では理解できても、どうしても奥歯に何かはさまったような感覚で残っていた疑問が、いま簡単に解けていた。

人間に霊格の差があるのはなぜか？　人間は平等のはずであり、いくら修行の程度が違うといっても、あの世で住む世界が違うほどの差ができるのは、どうにも納得できない……それが公平だというのも解るが、しかし、人間にランクづけをするとは……。

その最後のこだわりが、いま、氷解したのだ。

（これは勝てない。人間の大きさが違う。格が違う。修行のレベルが違う……）

リョーマを自分の内部に感じたとき、自分がいかに小さなことにこだわっていたのかを、テツはイヤというほど知ったのだった。

「わかりゃえええき。わかりゃ……のう、タケチよ」

《ほにほに。これでやっと肩の荷がおりたと申すもの》

イゾウはその場にアグラをかき、拳《こぶし》で涙を拭き拭き、泣きじゃくっている。

「だれも、誰も相手にしちゃくれンかった。誰もオレのこと、同志だとは思うてくれんかった。そんなヤツらと、理屈がないオレが、なんでいっしょにおられるで……」

テツの中のズイザンがイゾウに近づき、その前に腰を落とす。つまり、テツが座り込んだのだ。

《ほにほに、まっこと。そんなことやったかね。それはワシの責任じゃァ。すまんかったのう、イゾウ。ワシが、おんしにツラい仕事ばっかりさせよったきに、ほんで同志もおんしを避けるようになったがやのう。イゾウ、すまんかったのう》

テツの胸が、熱いものでいっぱいになった。別人格ズイザンは、もっと熱いものであふれているに違いない。リョーマは……ちょっと引いているのか？

「いやー、オレは人斬りでかまんき。オレには理屈も学問もないき、オレには、剣しかないきに。おんしゃァの役に立とう思うたら、人を斬るしか能はないき。そらァ、オレ自身がよう解っちょる」

リョーマが割って入った。

「なァ、イゾウ。ワシもおんしに謝らないかんことが、ちくとある。おんしを苦しめることになった、あの事件のことよ。

すまんかったなァ。おんし、ずいぶん気にしちょったきに」

《リョーマ、何じゃそれは》

テツの中のズイザンが首をひねった。

「おう。ありゃいつやったかなァ。カツさんが、ほうじゃ、勝海舟先生が京に来たときじゃ。ワシのかわりに勝先生のお供をイゾウにしてもろうたがよ。そんとき攘夷派《じょういは》浪士が三人、勝先生に斬りつけてきよってなァ。イゾウが一太刀で片づけたがよ。ワシはあとで勝先生から聞かされたけんど。

あんときのイゾウの心の曇りが、イゾウをずっと苦しませることになろうとは、ワシもよう考えんかった。イゾウ、すまんかったのう。

攘夷派のおんしが、開国派の勝先生を守って、おんなじ攘夷派の者を斬る。こりゃ自己矛盾やのう。あんときから、おんしはただの人斬りになってしもうた」

「……ほに、そんなことも、あったかにゃァ……」

イゾウは、遠くを見る目で、テツを通して二人の旧知の同志の顔を見ているようだ。涙にぬぐわれたその目は、さっきまでの凶悪な光は影をひそめ、おだやかな落ち着いたまなざしをしている。

「おんし、もう大丈夫じゃ。ちゃあんと目ェが醒めちょる。もう二度と、闇の世界にまぎれんでも……のう」

リョーマが、つまりズイザンとテツもゆっくりと立ち上がった。イゾウも立ち上がる。

「なァ、イゾウ。人は、死んでも死なん。この世だけが、すべてじゃないきに。

あの世はデッカイぜよ。天国は広うて、大きゅうて、どこまでもどこまでも広がっちゅうぜよ。ワシもまだ、そげん上《うえ》つかたの世界にゃ行ったこともないけんど。まんだ、眩しすぎて、よう上へは行かんきに。

げに、まっこと神も仏もおるぜよ。光の世界こそ、ほんまのワシらの世界じゃき。この世のことなんか、ちんこい、ちんこい。ちくっと、船に乗って二、三日遊びに出よる。そんな感じのもんよ、この世の人生っていうがは。

ワシらのほんまの世界は、もっとデッカイデッカイ。げに楽しい世界ぜよ。なァ。このズイザン先生といっしょに、ちくと反省してなァ、ともに還ろうぞ。

ヨシッ、そろそろいぬるか。ところで、テツッ！」

テツは、思わず跳び上がった。

リョーマが、直接、テツに喋ったのだ。

心臓の鼓動が、急にドクッドクッと異様な大きさで聞こえた。

「おんしも、そろそろちゃんとせんかえ。ほんで、せないかんこと、せんとなァ」

リョーマが、あのサカモトリョーマ先生が、テツにむかって喋っていた。

（この人は、オレのことを知っている？　……）

「あんだけ大見得切って出てきたんがやき。ぼちぼち、やることやってもらわんとなあ。こんなに腹出っぱらして、おんし、こんなんでイザっちゅうとき働けるがか？」

（あ、あの、イザって……あの、大見得って……？）

「なんじゃ。まだ目が醒めとらんがか？　難儀なもんじゃなァ、この世ゆうとこは。テツ、おんしの仕事は『革命』やろうが。そのために生まれてきたがやろうが。ほんで長生きしちゅうがやろうが」

（長生き？）

「そうよ。おんしはいっつも若死にして還っちょるきに、こんどこそ最後までやり抜く言うて、勇んでこの世に生まれてきたがやろうが」

（そ、そんなこと……）

「ちいっ。大丈夫かいな。おんしの使命に比べたら、ワシらがやったことなんぞちんこい、ちんこい。明治維新なんぞ、おんしらの革命のたかが前座ぜよ。本番の大仕事は、おんしらにまかせちょるきに。しっかり、気ばらないかん!」

(……?　……)

「ええか。ここんとこ二十年も眠っちょったみたいやけんど。本番はとうにはじまっちゅうき。遅れなや。それにしても、おんしの心の硬さにゃヤキモキしたぜよ」

(心の……硬さ?)

「悟り、っちゅうか修行ちゅうか、ワシが入るには、まんだ器がこんまいきに。なんとかまに合《お》うたからええようなもんの、……タケチひとりじゃ、どうなったか解らんきに。

まっこと冷や汗もんぜよ」

(こりゃ、すまんこって……)

なぜ、謝らねばならないのか、テツにはまるで理解できてはいない。が、なぜか素直に謝れた自分が、テツにはうれしい……。

(あの、もしかしてオレの前世……というか守護霊のこと……)

「ああ、そんなことは知らんでええき。

知りたかったら、おのれの心を磨き。悟りを開けばおのずと解るきに。

のう、タケチ」

《げに、まっこと》

「ほんでよ、テツ。遅れなや。剣をペンに持ちかえて、ほんまの革命を成し遂げるがが、おんしの人生計画じゃろうが?」

(ん? ペンによる革命? 人生計画? ……)

「左やとか右やとか、ゴチャゴチャこんまいことにこだわって、古い思想につかまっちょったら、いかんぜよ。

ええか。新選組になったらいかんぜよ。

人間は、モノやない。

神さまはおるき。

ドーンと生命《いのち》をかけや!

ほんまの革命に、生命かけや!

なんぞ困ったことがあったら、ワシの名ァ呼んでもかまん。いつでも、翔んでくるき」

茫然《ぼうぜん》とするテツに、わきからズイザンが声をかけた。

《テツどの、世話になったのう》

（い、いいえ、こちらこそ）

「じゃ、行こうかにゃァ」

リョーマの言葉に、三人の侍は、それぞれの肉体を出て行ったようだった。

一瞬、テツは自分の肉体の重みを全身に受け、思わずセンターテーブルの椅子に腰を落とした。

人間とは、なんと慣れやすい動物なのだろう、とテツは思った。

ズイザンたちに体のコントロールをまかせた何十分間かの、ほんの短い経験が、もう身についてしまっていた。そして、本来の自分の体の重みを、もう忘れていたことになる。

とにかく、ズイザンとリョーマの霊は、テツの体を瞬時に離れていた。

つめたい風（一九九四）

（そうか。あれが、坂本龍馬その人なのだ。

小さいころ、テレビで観た。大河ドラマを毎週欠かさず観た。その原作も読んだ。解説も小説も、その後何十冊も読んできた。

あの坂本龍馬が、いままで、ついさっきまで、オレの中にいた！

大きい……心の大きな男）

魅力的な人物であった。長いあいだ憧れてきたから、というのではない、とテツは思った。何も知らずに出会ったとしても、誰もがそのひと声と笑顔ひとつでトリコになってしまうほどの、底知れぬ魅力を持つ人物だ、とテツは確信した。

最近の、ヴァーチャルな世の中では育ちようのない人間くさい人間。どこまでも大きく、底抜けの明るさに満ちた人柄。

（大人物とは、心の大きな人間のことなのだ。ちょっと触れただけで、その心のスケールの大きさを誰もが感じてしまう人間のことなのだ！）

テツは感動していた。

（こんなに腹出っぱらして……）

リョーマの言葉が、まだテツの頭の中でガンガンと響いていた。

（革命？　ほんまの革命？　本番？　ペンによる革命？　……）

確かにリョーマは、そう言った。そして、それがテツの人生計画――生まれてきた使命、目的である、とも。

（それにしても、この汗は……？）

テツはハンカチを出して、額《ひたい》をぬぐった。まだほてっている体が、テツにはいぶかしかった。リョーマの情熱の熱さ、かもしれなかった。

「おい、フクッ！」

テツは、フクダを揺すった。

「う、うん。あ、あれ？」

フクダは、意外にスッキリと目を醒ました。

「アレ、おかしいな。何も憶《おぼ》えてねえな……。テッさん、いつ来たの？　おれ、あのカウンターで、確か、呑んでたはずなんだけどなァ」

こりゃダメだ、とテツは思った。フクダは、いま、ここで起こった奇跡をまるで憶えていない。

しかし、テツは興奮していた。久しぶりの熱いものが、心にたぎっていた。

（これはホンモノだ！　これは現実だ！　夢でも幻でもない！　酒のせいでもない！）

だいいち、今夜のテツはあまり酒を呑んではいなかった。フクダのように眠っていたわけでもない。

テツは、久しぶりに精神が高揚している自分を感じていた。

坂本龍馬が生きている。

武市半平太が生きている。

岡田以蔵が生きている。

ということは、これは、いったい何を意味するのか。

かつて死んだ者たちが、すべて、じつは「あの世」で生きている。ということは、「あの世」を否定する現代の価値観・世界観は、まるでウソッパチだということか？

とすると、「どうせ死ねば終わり」と思って利己的に生きてきたヤツらは、いったいどうなる？

人間が永遠の生命を持ち、何度も何度も生まれ変わっているのなら、おのずと生き方も変わってくるのでは？

「人は死んでも死なない」という前提から出発するとき、はじめて人間の生きる目的も明確になるのではないだろうか？

人格の向上、人間性の発展――。

人は、何度も何度も生まれ変わり、自らの人格を高め、人間性を磨き、徳を積んでゆく。

人生があとにも先にもこれ一回きりであるのなら、誰がつらい勉強などするだろう。誰が我慢や努力などするだろう。誰が苦しい修行などするだろう。

天国も地獄もないのなら、死ねば何もかもなくなるのなら、「この世」に生あるかぎり、ただ肉体の快楽と短絡的な充足だけをいたずらに追いかけることになるのは、ある意味で当然のことかもしれないのだ。

しかし、実際はそうではない。現実は、そうなってはいない。

人は、永遠に転生《てんしょう》している。そして、それぞれの転生で自分の使命を果たしつつ、人格を無限に向上させてゆくことが、人間にとっての真の喜びなのだ。

とすれば、それを捨象《しゃしょう》したあらゆる活動が、あらゆる思想運動が、政治活動が、地獄的なものに堕《だ》してゆくのも、また当然の帰結ではある。

世の人びとがこの真実に目醒めたとき、社会はいったいどうなる?

——革命だ！　これこそ、ほんとうの革命だ。

この事実、この価値観を受け入れるだけで……世の中は変わる。

「テツさん、そろそろ帰りましょうよ」

「おう、そろそろ行くか」

二人は、ようやく重い腰を上げた。

と、思うまもなく、フクダが何もない床につまずいて倒れた。

「あったた、あれ？　どうしちまったんだろ？」

フクダが、のんびりと起き上がる。そう見えるほど、スローモーなぎこちない動きだ。

「おれ、なんか体が、ヘトヘトだよ」

それでも、なんとか立って歩く。テツも、フラつきながら立ち上がる。

オモテのドアの鍵をかけ、店の電気をおとし、ウラの階段から降りる。勝手知ったる……とは言いながら、じつは久しぶりのことでもあった。

階段を降りる二人の足どりは重かった。

それが、テツにはとても意味があることのように思えた。

（今夜のこと、ナツキに喋ったら、彼女どんな顔するだろう……？）

ナツキの、小麦色をした健康そうな肌と黒目がちな大きな瞳を思った。

明け方近い風は、身を切るほどにつめたかった。

しかし、テツにはそのつめたさが心地よかった。身の引き締まる快感。さわやかな緊張感。久しく忘れていた生きることの実感を、テツは思い出していた。

（もうすぐ夜明けがくる！）

東の空が白みかけていた。透明な風が、二人の酔いどれの肌を刺して通りすぎてゆく。

（ぬるま湯の人生に、オレはオサラバするだろう）

テツの中に、明確な意志が生まれつつあった。ある方向性が、固まりつつあった。テツの人生が、テツの心と体が、再びひとつの目的のもとに、再統合されつつあった。

「夜明けだ！」

ふと、口に出していた。

「ん？」

前をゆくフクダがチラと振り返り、テツと目が合うと、眠そうに目をしばたいた。

（了）

本書は書き下ろしフィクション作品です。
実在の団体・人物等とは一切関係がありません。

著者：光岡　史朗（みつおか・しろう）
1949年10月生まれ。神奈川県出身。
1968年、神奈川県立横浜翠嵐高校卒。
1972年、明治大学法学部卒。
外資系広告代理店など数社を経て、
1980年、コピーライターとして独立。
TV番組構成、作詞、歴史記事執筆、
雑誌編集など、幅広く経験。
小説は『ボディ・ジャック』が処女作。

ボディ・ジャック

2006年５月27日　初版第１刷

著　者　光岡《みつおか》　史朗《しろう》

発行者　佐藤　直史

発行所　幸福の科学出版株式会社
〒142-0051 東京都品川区平塚２丁目３番８号
TEL(03)5750-0771
http://www.irhpress.co.jp/

印刷・製本　中央精版印刷株式会社

落丁・乱丁本はおとりかえいたします

ISBN4-87688-550-8 C0093

幸福の科学出版の本

自分も、人びとも、共に発展していく成功を！

希望の法

光は、ここにある

大川隆法

希望は実現する。
だからこそ、周りの人びとをも幸福にする成功を――。
「お金とのつきあい方」「結婚相手の選び方」から、
「組織の成功法」「うつ脱出法」まで。
だれもが知りたい希望実現の法則が満載！

定価1,890円（本体1,800円）
ISBN4－87688－541－9

TEL. 03-5750-0771　www.irhpress.co.jp

幸福の科学出版の本

「あの世」での生活が、驚くほどリアルに、
わかりやすく書かれた霊界案内の決定版!

霊界散歩

めくるめく新世界へ

定価1,575円(本体1,500円)
ISBN4-87688-544-3

- ●流行のインスピレーションは「美の女神」が発している。
- ●霊界の学校では、どんな授業が行われている?
- ●天国の美術館に飾られる名画の条件とは?
- ●ある作家と俳優の旅立ちの様子とは?
- ●人はなぜ、生まれ変わるのか? そのシステムとは?

大川隆法 最新刊

TEL. 03-5750-0771 www.irhpress.co.jp

幸福の科学出版の本

教科書には出てこない
「もう一つの歴史」

志《こころざし》は死なず

過去世物語
日本編

ザ・リバティ編集部［編］

月刊「ザ・リバティ」好評連載分に
書き下ろしを加えた「過去世物語」第2弾。
渡部昇一氏、上杉謙信、二宮尊徳、
吉田松陰、西郷隆盛……
日本史を彩《いろど》る12人の前世が明らかに！
人生、短し。されど、品格を持って
熱く生きた彼らの、志は死なず。

定価1,260円（本体1,200円）
ISBN4-87688-548-6

アラン・カルデックの「霊との対話」

天国と地獄

アラン・カルデック 著／浅岡夢二 訳

全世界で400万部の大ベストセラー、
2000万人のファンを持つ
スピリチュアリズム不朽の名作が、
ついに本邦初訳。
32人の霊が語った、
死後の喜びと悲しみ――。
驚《きょう》愕《がく》の霊界通信記録！

定価1,680円（本体1,600円）
ISBN4-87688-543-5

TEL. 03-5750-0771　www.irhpress.co.jp